反盗墓九组

明王密藏

赖继 著

花山文艺出版社

图书在版编目（CIP）数据

反盗墓九组：明王密藏 / 赖继著. —石家庄：花山文艺出版社，2019.4

ISBN 978-7-5511-4585-5

Ⅰ. ①反… Ⅱ. ①赖… Ⅲ. ①长篇小说—中国—当代 Ⅳ. ①I247.5

中国版本图书馆CIP数据核字（2019）第062838号

书　　名： 反盗墓九组：明王密藏
著　　者： 赖　继

责任编辑： 杨丽英
责任校对： 李　伟
美术编辑： 胡彤亮
装帧设计： 中尚图
出版发行： 花山文艺出版社（邮政编码：050061）
（河北省石家庄市友谊北大街330号）
销售热线： 0311-88643221/29/31/32/26
传　　真： 0311-88643225
印　　刷： 河北盛世彩捷印刷有限公司
经　　销： 新华书店
开　　本： 880mm×1230mm　1/32
印　　张： 8
字　　数： 160千字
版　　次： 2019年4月第1版
2019年4月第1次印刷
书　　号： ISBN 978-7-5511-4585-5
定　　价： 48.00元

文物是中国人的民族记忆。

盗墓是伤害人类历史的犯罪行为。

文物属于全体国人。

——作者的话

史　话

大帝朱元璋，覆元朝，年号“洪武”。

当是时，天下初定，有奏建国号为“大中”，帝思索再三，意在承袭“大小明王”之称，故立国号“大明”，分封诸子，第十一子朱椿封蜀王，洪武二十三年就藩成都府，其弟朱慈随椿入蜀。帝之一生，屡遇强敌，尝有忧患，令朱慈于西南秘建银库，史称“洪武银库”。

是以明末之乱，宗室皆逃西南，永历帝于西南建立南明，“银库”终不可寻，清军南下，明亡，传一十六帝，享国二百七十六年。

有秘诗云：三千蜀地破雄关，金龙青甲在云天。王子江山带不去，独留洪武银如山。

——《明蜀轶录·卷十三》

目录

一章　雨夜追凶

天雨蒙蒙，夜色深邃，只有几盏青铜色路灯，在雨夜孤立。

所谓“夜雨锦官城”，就是指的这种时候。夜雨只在夜里下，这个时节几乎每天都有夜雨。

夜雨缠绵的夜晚，江风都有些微寒。小城的夜晚就是这般宁静和惬意。

不过，有的人感受不到这种惬意。他现在，要做的——是逃命。

他已经不知道自己跑了多远，他身后紧追不舍的是一名警察，这名警察眉目端正，正气凛然。警察脚下不停地追，口中不停在喊“停步”。

他自知停步就等于坐牢，兀自埋头狂奔。他手里握着一支自制的手枪，这种武器在黑市上很容易买到，不过射程并不远。

“再不停步，我开枪了！”警察大喊一声。

他终于跑进了一个住宅密集区内。说来也巧，这名追击的警察也是居住在这个住宅密集区内。

屋檐之下，一个五岁的小女孩正在玩着手里的花藤。屋内传来母亲的喊声：“小思洁，快进来，今天的功课还没做！”

他仿佛看到了救命的稻草，一把抓过这个小女孩，勒住她的脖子。他用枪指着她的头，反过身来大喊：“来呀！”

即便是他回过头来，警察也没有看清他的面目——他蒙着脸，黑布包裹了他整个脑袋，露出一排空隙安放眼睛，他的眼睛，像狐狸一样闪着狡猾的光。

他的手用两道黄红相接的布包裹了起来，这是一种很特别的缠法，叫作“涤邪”，意思是涤除、祛除邪气。这种缠法在盗墓行业里有许多讲究，通常是开棺取宝时，要将双手缠上这样的黄红布，待取得宝物之后，将黄红布摘下，就地焚毁。

他这次还来不及解下“涤邪”布，警察就冲了出来。

警察吃了一惊：“放开她！”

小女孩哭了起来，母亲从屋里扑了出来，哭号着求他放了自己的女儿。他一脚将母亲踢开，小女儿手中的花藤散落一地。

“来呀，你他妈开枪啊！”他自认有了人质在手，今日可以逃出法网。

小女孩拼命抓扯他的手：“不要打我妈妈……不要打我妈妈。”小女孩抓扯掉他手上的“涤邪”布，露出一条狰狞的麒麟文身。他的身份已经呼之欲出。他在这个见不得光的行业里，被人们称为“盗圣”。

警察大喊："放下枪！你跑不掉。"

他大喊："我不想坐牢！"

二人对峙着。母亲的呜咽声、两人的喘息声、小女孩的挣扎，都混在夜雨淅淅沥沥的声音里，清晰可辨。

他的手在抖，情绪已经激动到了极点。他知道自己必须马上解决面前的这名警察，不然几分钟后，赶上来的警力增援，将把自己围住。"盗圣"之名说的是他盗墓手艺高超，却不是天降神兵的警察的对手。

住宅区的一角里，一个小男孩远远看着二人对峙，强忍着不敢哭出声。

"盗圣"和警察总有一个人要开枪，"盗圣"将小女孩提高了半尺，挡住了自己的要害。"啪——"枪响了。

警察中枪倒地。

"盗圣"看着警察，眼里放出轻蔑的光。他用小女孩的身体来挡住自己，就是赌着警察不敢开枪，而他却可以全无顾忌。小女孩的母亲被枪声吓傻了，瘫坐地上一动不动，小女孩呜呜咽咽，终于大哭出声来。

既然今日手上见了血，就不能留下隐患。"盗圣"转头又是一枪，将小女孩的母亲打死后，枪口对准了小女孩。小女孩大哭："妈妈——"

地上的警察拼着最后一口气，扑向了他。他用力推开警察，警察死命地抓住了他。力气随着生命一起在流逝，这名警察只有一个念头。

"啪——啪——啪——"他慌了，近乎疯狂地将枪里的子弹都打到了警察身体之中。

“你逃不了！”警察用尽最后的力量，掰断了他的手指指骨，从他手上掰下一枚大扳指来。

“嘶——”他顾不得喊痛，远处警笛响起，他转身就跑，消失在茫茫夜雨之中。

天地静默，只剩雨声呜咽而泣。这一场亡命追逃，终究血流成河。

远处的小男孩大声哭着跑了过来：“爸爸——爸爸——”他的喊声划破了死寂的夜晚。

这即将殉职的警察姓杨，单名一个“涛”字。目睹这个灾难现场的小男孩正是他的独生子，名叫杨忘危。也不知道是“居安而不忘危”，还是“无畏而忘危”。总之，是一个勇敢、笃定的名字。

小男孩刚过了六岁生日，正值学龄，明天就要上小学一年级。他今天晚上收拾好书包，静候出去执行任务的爸爸回家。他等啊等，等到的是街面之上，爸爸的喊叫声，他跑出屋外，就目睹了这一世最悲痛的事！

杨忘危趴在爸爸身上，大哭道：“爸爸，明天送我上学吧，明天送我上学吧。”

杨涛自知神仙难救，他最后一次牵起儿子的手，一时有很多话要说，又不知该说什么，最后他咬咬牙，说出了最后的希望：“儿子，以后要勇敢点！”

小杨忘危哭得更加厉害：“我不要勇敢，我不要勇敢，我要爸爸！”

杨涛目光黯淡，视线开始涣散，他忽然发现自己刚才掰下了“盗圣”手指上的一个大扳指。这枚扳指雕花精细，材质却非常奇怪，摸起来似白蜡一般。这个扳指之上，很可能就有嫌疑人的指纹信息。杨涛将扳指塞到小杨忘危手上：“转交给你郑叔叔。”杨涛口中的“郑叔叔”，是他的搭档兼领导，文保队长郑兆易。杨涛闭上了眼睛。

杨忘危自顾大哭，哪里理会这些。忽然火光闪现，扳指竟然自燃了起来，杨忘危哭得撕心裂肺，全然忘却掌心灼烧之痛。

得救的小女孩正在丧母悲恸之中，发觉火光耀眼，吃了一惊，跑了过来，要拉开杨忘危，拍灭他手上的火焰：“你手上着火了！”

杨忘危挥手推开了她：“我不要你管！”

小女孩生气了，又扑了上去：“我偏要管！”

“你走开！就是你！！就是你害死我爸爸！！！”杨忘危双手用力推向她的肩头，右掌之上的火焰烧着了小女孩的衣裳，重重在小女孩洁白的肩头印下一个烫伤的印记。小女孩和杨忘危都痛得晕了过去。

不远处，车门撞击关上的声音，“小忘危！”一阵脚步声响起。文保队长郑兆易看着血腥的现场场景，两名五六岁大的小孩经历了人生怎样的劫难。这一场夜雨之后，两名小孩，就失去了自己的至亲，这凶狠的凶手，就算跑到天涯海角，也绝不能放过！

“还愣着干什么！赶快通知救护车，抢救这两名孩子！”

郑兆易冲干警发火："所有路口、车站……凶手和杨涛纠缠打斗，必有痕迹，调动所有警力，掘地三尺，也要抓到他！"

他随即检视了一下两名孩子的伤情，所幸并不严重，应当是伤心晕厥，而那名小女孩肩头上的烫伤颇深，恐怕要留下终身的疤痕。这名失去母亲的小女孩姓萧，名叫思洁。随她母亲的姓，她的母亲是个很有文化的女人。

五岁的萧思洁不知道的是，她肩头的这一枚烫伤痕迹，将成为她与杨忘危毕生相连的记号。

二章　消失的墓

“这种自制枪支，构造并不规范，加工质量粗糙，性能不可靠，枪内弹丸数量较多，枪管内无膛线，杨警官身体上的枪弹特征是：弹丸分散密集程度小，范围较大，形成一个较大的射入口，左肺、心脏出现贯通伤，可见凶徒连开数枪，手段凶残……”

郑兆易听着现场勘查的报告，鉴证科的同事与杨涛交情甚好，此刻几度哽咽。这种感受在郑兆易身上，更加被放大，鉴证报告的每一个字，都令他悲恸万分，他恨不得那散发的子弹全部打到自己身上，他闭上眼睛，唇角抽动：“真痛啊……”杨涛在临死时刻，是承受着多么巨大的痛苦。

郑兆易陷入了深深的思绪，仿佛回到当年和杨涛一起在大学里的时光。郑兆易和杨涛，都是西川省锦城市人，二人当年参加高考，一同去到邻省中州市，考入中州政法大学刑事侦查系，四年同窗，顺利毕业，又一起进入了西川省仁安市公安局。仁安市是西川省下辖的市，西川省历史悠久，从战国时代开始，是古蜀国都城，而仁安市则是历史上古代西川最繁华的城市，它城市不大，却由于历史原因而盛产文物墓葬，猖獗的盗墓犯罪也相伴而生。

他们参加工作那一年，仁安成立了文物保护警察支队，简称文保警察。这个特别的警种专司打击盗墓、文物犯罪，挑选的都是刑警支队中的精英，既要深谙刑事侦查之道，又要熟悉盗墓的行当，甚至还要精通文物的相关知识。

郑、杨二人皆被选入文保警察队伍，成为仁安文保警察队伍的开山鼻祖。在学校的时候，二人虽为同窗，却时常较劲。郑兆易是系里的神枪手、擒拿格斗的顶尖生，和杨涛相比，他勇敢有余，却智谋不足。走上工作岗位之后，二人一文一武，都得到领导的器重，一开始，二人还彼此不服，颇有争胜之心。后来杨涛成了家，有了杨忘危，也看淡了些，他也不再与郑兆易争胜，倒是安心给郑兆易当起了参谋来，杨涛对案件的判断能力，特别是侦破盗墓、倒卖文物犯罪，他的学识、才能，实则一直在郑兆易之上。这一点，郑兆易也清楚。有了杨涛的全力襄助，郑兆易屡破奇案，晋升也更快。

可是，就在一天前，二人因为一个线索发生了分歧。那是一个线人来报，仁安市的黑市里，有人在出手一批“虎货”。仁安市的黑市，远近闻名，是倒手出土文物的地下交易场所，按照黑市的说法，三六九等，分别用动物来指代墓葬主人的级别。“虎货”就是指将帅之陵。

杨涛当时就对这个线索表现出了极大的兴趣。郑兆易却不以为然。根据线人的说法，那批虎货出土在仁安市本地以北，巫江以南，从土层和棺椁来看，应当是个明代的墓。杨涛询问墓穴详细地址，那线人在电话那头支支吾吾，说不清楚。郑兆易则认为，那个地方水无回势，山无龙骨，哪里来的什么将帅之陵，搞不好是线人为了邀功捏造而出。

当线人描述着黑市出手的这批“将帅之物”时，提到一个极其不起眼的细节，那名线人报告杨、郑二人：“在一枚青铜的护臂残片上，刻有一条细小的金龙。”

杨涛闻言全身一震，他心中反复思量，这条金龙与多年前仁安市一桩古墓奇案有着说不清、道不明的联系。

仁安市地处川、渝之境，城内数个古镇，一条巫江从南向北流过几个古镇，四十多年前就有人在仁安市的西面发掘出一个古怪墓葬，墓葬被人破坏过，想必历史上被人盗掘光顾，而在墓葬的棺椁之外，发现仅剩的一枚青铜之物。那青铜之物，是一个古怪人形面具，双目镂空，眉骨高耸，指向天际，人形面具的嘴巴紧闭，整个面部表情显得很凌厉，而人面的右脸颊，却刻有一条金龙。金龙面具，非富即贵。

根据后来镇里老人拿出的老画片，可以看出这个青铜面具的造型和如今的三星堆出土的神秘面具相似。不幸的是，那是四十年前，那个连饭都吃不饱的年代，谁还去保护文物。这枚青铜面具，转瞬即被转卖黑市，只给当地的考古学者留下些口述资料与捕风捉影的传说。而当时的墓葬经过考古学者勘探，墓主身份不详，但应当是明代。

说也奇怪，自从这枚青铜面具的身影出现之后，任他多年考古专家来来回回，都没有再找到其他青铜之物。金龙纹的青铜面具，几乎就成了一个孤立的事件。

有的学者断言，仁安四十年前出土的金龙纹青铜面具，根本是捏造的谎言。又有人大胆推测，那枚青铜面具，可能是明代蜀将朱慈之物。据《后蜀·镇远志》记载，朱慈系朱椿之弟，朱椿便是朱元璋第十一子，后封蜀献王，世袭住在成都府。朱椿受封之时，蜀地部族甚多，各个部族并不服从蜀王管辖，朱椿自问没有平南之才，于是携大将朱慈带着一并来到蜀地。朱慈能征善战，杀阵之时，常佩戴一青铜面具，自诩为古蜀王降世，令各族部落群神辟易，蛮夷部落首长无不心惊胆寒。

那么，史料里的这枚朱慈的青铜面具，是不是就是仁安市四十年前出土的金龙面具？

现在线人来报，金龙纹又出现在另一青铜物上。据说这青铜残片是被盗墓而出，被盗之墓，极可能是一个明代墓，他声称在黑市出手的又是“将帅之物”，难道这城北被掘墓葬的主人真是传说中的大将朱慈？

青铜金龙纹的线索，让杨涛久久不能平静，郑兆易似乎也察觉到了杨涛对这个线索过于敏感、过于不正常。“老杨，要不要我安排几个兄弟去踩个点子？”

杨涛道：“别，我怕打草惊蛇。”

“那线人跟你多长时间了？”

“快六年了。”

郑兆易琢磨了一下：“以前都准吗？”他指的是线人以往的消息。

“准。”

郑兆易一向尊重杨涛的判断，他掐灭了烟："这样，我让两个面生的小兄弟混进去看看，黑市里的东西，有真的，也有假的，如果真是文物，我们就现场扣人。还有，线人口称这批货物，是我们仁安周边盗墓出土，还是外地流入？我觉得不大可能是仁安周边有墓穴被盗……也无妨，只要扣住了人，就知道源头了。"

郑兆易顿了一顿，他看出了杨涛的紧张："老杨，你对这个线索有些紧张啊……"

"四十年前，仁安曾经出土过一块刻有金龙纹的青铜面具，你听说过吗？"杨涛说道。

"听说过，不过也有人说那不过是编造出来的那个年代的事儿。当时还流传什么'洪武银库'宝藏传说，搞得人心惶惶。"

杨涛道："对，仁安自古以来老人口口相传，就流传几句秘诗，'三千蜀地破雄关，金龙青甲在云天。王子江山带不去，独留洪武银如山'。谁能识破这诗句的秘密，就能找到朱元璋命朱慈秘密修建的宝库。"

郑兆易斜着眼睛："这你也信？"

"这种传说是不是真的我不管，可是大把的盗墓贼却深信不疑，贼信就会作案，作案我们就要管。"

"你是觉得这个线索和传说的金龙青甲是一致的？"

杨涛沉吟了半晌，也没有做出肯定判断，他说道："要不然，我亲自去一趟？"

郑兆易拒绝了他："好了，明天是你儿子杨忘危第一天上小学，快回去准备准备，多陪陪儿子……你就别去了，这方圆五十里的盗墓贼，谁不认识你杨大神探，你一出现在黑市，谁还敢交易！”

二人就此议定方案，下班后，郑兆易带着人去黑市核实情况，另一队人马去城北巡查一下，核实下近日是否有墓穴被盗的线索。杨涛则回去陪伴杨忘危，杨忘危的母亲出国进修两年，当前杨涛是又当爹又当妈。

郑兆易独自坐在办公室里，他比杨涛大一岁，容貌却远比杨涛苍老，这些年他一直是独身，忙于工作，常常就把办公室当成了家。和郑兆易比起来，杨涛幸福多了，有个可爱的儿子，有个幸福的家庭。

郑兆易怎么都想不到，这样的幸福家庭，在今天这个雨夜，被彻底打破。杨忘危和萧思洁两个孩童现在还在医院接受观察。杨忘危已经恢复了神志，郑兆易问来了他母亲的电话，试图通知杨涛的妻子，他刚拿起了电话，却不知道该怎么开口。

他心中尚有一个更为疑惑之处：奇怪，老杨出门是去见谁？

“忘危，你爸爸是什么时候出去的？”郑兆易问。

小忘危答：“吃过晚饭之后，爸爸就出去了。”

“他出去之前说什么了吗？”

“他说，儿子，你在家收拾下书包，爸爸出去见个朋友，很快就回来。”他一说起父亲，眼泪就流了下来。他很勇敢，用力把眼泪收住。

“朋友？”郑兆易一愣，“他说是谁了吗？”

“没有，他接到一个电话，很紧张。”

不对劲啊，杨涛接到谁的电话这么紧急。那个时候，郑兆易正带着面生的年轻警员，守在黑市交易场所外面，盯着里面呢。

“去查下电话记录。”郑兆易通知身旁的干警。干警很快查寻回来了结果，杨涛确实和人通过一次电话。可是，这个陌生电话，却没有机主信息。

一个神秘的电话，让搭档杨涛雨夜外出，最后引发一场血案。杨涛到底在追查什么？为什么他会对这个传说中的金龙纹如此在意？那个他穷追不舍的，到底是什么人？

女干警张小科凑了过来：“郑队，这女孩，已经没有别的亲人了……”她指的是萧思洁。

郑兆易叹了口气，他智谋远不及杨涛，此刻杨涛身死，他心中悲恸，一时没了主意。郑兆易看了看杨忘危，又看了看旁边的萧思洁：“老杨啊，你这是给我留下个多大的难题！”

他对两个小孩说：“孩子们，今天晚上跟郑叔叔回家……”

“我不要跟你回家！”五岁的萧思洁大哭了起来。

她这一哭，杨忘危再也止不住，也哭了起来。医院走廊里都是两个小孩的哭声。

“杨忘危的母亲，已经通知到了，最快的航班，也要明天下午才能抵达。”张小科接着给郑兆易汇报。

郑兆易抱着试试看的心态，问两个孩子："那个黑衣人，你们记得有什么特征吗？"

萧思洁二人兀自啼哭不止。

张小科柔声道："忘危，你要勇敢，你爸爸希望你做一个男子汉。"

小忘危用力收住哭声。

"你想一想，有什么能告诉郑叔叔的吗？"

小忘危用力回忆起来，说道："郑叔叔，我看见他手上有一个图案……"

"图案？"

"一个麒麟的图案。"

"还有吗？"

"快帮我一起回忆！"杨忘危喊住萧思洁，"我的爸爸、你的妈妈都死了，我们要找到那个凶手！"

萧思洁一愣，看着杨忘危，这个六岁的男孩脸上，突然浮现起一种不属于他这个年龄的坚毅。很多年以后，郑兆易回想起杨忘危当时的表情，都还会惊叹自己居然会被一个六岁小孩的坚毅表情所感染。他当时就发出了感慨：这世事还很漫长，孩子，你只能一人挺住，你要勇敢，若是不然，没人能帮你。

萧思洁啼哭道："我的肩膀好疼啊……"

郑兆易叫来了医生。医生检视了她的伤口，这个灼伤的痕迹，恐怕日后要留疤。

"这个伤是怎么来的？"郑兆易问。

“他的手着火了，我去劝他，他拍我……”萧思洁说道。

杨忘危看着自己的掌心，也是一个灼伤的痕迹，“戒指！是戒指，爸爸最后给了我一个很厚的戒指。”杨涛从凶手手中夺下的，是一枚很厚的扳指。

“那戒指呢？”郑兆易一头雾水。

“燃烧了。”

“燃烧了？你是说戒指自己燃烧了？”

“对的，郑叔叔。”

郑兆易和张小科互望一眼，目中全是疑惑，两名孩子不像是说谎。

这枚戒指是杨涛从嫌疑人手上掰下来的。他最后关头把戒指给了杨忘危，可是戒指在杨忘危手上却自燃了。这是多么不可思议的事情。

消失的青铜面具、大将朱慈与洪武银库的传说、青铜金龙纹、凶手麒麟文身、自燃的戒指……这些要素不停在郑兆易脑中飞快旋转。他长叹一口气，要是杨涛还活着，该多好。每到案件进展不顺，他总是寄希望于搭档杨涛能给他一点指示。

“我侦破盗墓犯罪这么多年，神神鬼鬼的事儿见多了，可是这个案子，却实在诡异！”

“小科，帮我请个人来……”郑兆易缓缓说道。

“谁？”

郑兆易道：“于洪一，鉴定专家于洪一。”

顶级的司法鉴定专家于洪一，与郑兆易、杨涛二人有极深的交情，人称“文保三杰”。现在这枚自燃的戒指，是最后的线索，那么郑兆易需要于洪一，于洪一一定可以凭自己的专业知识，判断到底是什么物质，还原了这枚戒指的物质，说不定就有希望缩小侦查范围。

三小时后，于洪一赶到了仁安。

那枚戒指到底是什么材质？可燃冰？

“不是。”于洪一斩钉截铁地回绝了郑兆易。

“那能不能从两个孩子的灼伤伤口检测出是什么物质呢？”

于洪一摇摇头：“很难，燃烧很彻底，而且这些物质已经灭失或者污染……医生不是已经给两个孩子清创了吗？”

“到底是什么物质，能在手心燃烧起来？”于洪一看着郑兆易，他知道郑兆易也是同样的疑问。

于洪一叹口气道：“我现在唯一能做的，是把他们二人的伤口图形拓下来，说不定有一线希望，能突破案件。”

郑兆易叹了一口气：“看起来，我只有等黑市那边的消息了。”

“报告！”一名年轻干警跑了进来。

“有消息了？”

“郑队……”

“快说！”

“兄弟们扑了个空，线报有误，黑市今天根本没有人出货。”郑兆易脑门上一根神经跳了一下，线报有误？这个线人和杨涛单线联系，现在必须要弄清楚他是谁，那个青铜金龙纹的线索，是怎么来的。

杨涛追捕的必定是个现行犯，他蒙着面，据两个小孩的陈述，他还缠着黄红布，这是正在开棺取宝才用得着的装备。换言之，今夜之前，凶手一定在某个地方盗墓，而杨涛正是在他开棺取宝之际，将他现场撞破，他甚至还来不及解下黄红布，就开始亡命逃跑。

那么，这个墓穴在哪里？

“加大警力搜索！这方圆五十里，有没有掘土的痕迹！”找到被盗的墓，说不定就能找到盗墓人的蛛丝马迹，“还有，继续搜捕凶手！”

这一夜，他和两个孩子在医院度过，漫长的黑夜，漫长的走廊。郑兆易从来没有这么沮丧过。他做了一个长长的梦：好友杨涛面无表情地向他走了过来，伸出双手，拉起他的手，去触碰自己的脸。梦中的郑兆易感觉手上一阵冰凉，没有人体的温度，他细细分辨，杨涛的面部肌肉，竟然如同青铜一般质感。他大喊杨涛的名字，问他为什么独自外出？杨涛僵硬地笑着，脸色似有难言之处。忽然，杨涛伸手抓住了自己的右脸颊，用力向左撕扯，血淋淋的皮肉整个揭开，下面是一张右侧刻着金龙纹的青铜人脸！

郑兆易大喊一声，从梦中惊醒，太阳已经从东边升起，多云的一天，他看了看杨忘危和萧思洁，两个孩子还睡得正酣。张小科走了进来，带来的却不是好消息。

经过一夜的搜查，并无所获，没有持枪的凶手，也没有被杨涛掰断手指的人，这黑衣人像是人间蒸发了一样。

于洪一走了进来，他的报告也出来了，目前根本没有办法测试那枚戒指是什么物质，除了燃烧程度非常彻底之外，医院对孩子的清创，也一定程度上造成了物质的不可还原。至于拓下来的图案，只是一个圆圆的指环形状，指环的正反面戒臂上，均有一个细小的痕迹。于洪一不愧是顶尖的鉴定专家，他用了多种方法，凭着两个孩子的伤口拓图、还原、放大了戒指的形状，戒臂上的痕迹，用显微镜观察，正是一条腾空的龙。

“金龙纹？”郑兆易看着照片。

又是金龙纹？这根本弄不明白到底是什么啊。

于洪一冥思苦想：“要是杨涛还活着就好了……到底有什么关系……金龙纹的符号意义，到底是什么？弄懂了金龙纹，是不是就能找到案件突破口？青铜器具一直是古蜀文化的象征元素，明代的朱慈是借用了古蜀青铜面具来作为征服部落的震慑力量，他的面具，其实就是图腾……如果杨涛在追捕的这个盗墓贼是在盗取明代朱慈之墓，那么这个墓在哪里？”

是啊，这个墓在哪里？

为何线人语焉不详，杨涛却执迷不悟？

“郑队，还有个不大好的消息……目前，没有发现周边有掘土的痕迹。”

就是说昨天根本没有人盗墓？

可杨涛是千真万确地在追捕一名盗墓现行犯，“是现行犯啊！”

警员都沉静下来，忽然队伍里有人小声说：“难不成这墓凭空消失了？”此语一出，像阵寒风吹过众人后脑勺，冰冷的医院过道更加冰冷，郑兆易不禁打了个寒战。

“黑市那边，兄弟们都想办法调查了，没有任何人听说，也没有任何人见过什么青铜器，那个线报……是假的！”

一个假线报，让杨涛失了方寸，到底怎么回事？刚听说这个线索的时候，杨涛整个人都不对劲。

“那线人呢？”

“线人已经失踪……”

“我要这名线人的全部档案，马上就要。”郑兆易说道。

他点了根烟，走开了几步，生怕烟味熏到两名可爱的孩子。

“那个麒麟的文身，目前兄弟们还在逐一排查当中，光凭这个信息，很难确认犯罪嫌疑人。”

“杨涛生前与他剧烈打斗，他身上一定还有凶手的痕迹，毛发、血迹、皮屑，全部提取DNA，查一查凶手有没有前科？能不能并案？不管如何，先把这些信息存进比对库，终有一日能匹配上凶手。”郑兆易说道。

郑兆易长长吸了一口烟，他心中想：“昨天晚上给杨涛打电话的，究竟是谁……如果是掘墓的现行犯，为什么整个城市周边没有发现掘土的痕迹？这个看不见的墓，到底在哪？它到底是不是传说中朱慈的墓？杨涛追捕的，究竟是谁？他为什么对青铜金龙纹那么在意？那枚自燃的古怪戒指，到底是要告诉我什么？那枚戒指上的图案和朱慈有什么联系？和青铜面具有什么联系？”

他在医院走廊走了几步，焦躁起来：“杨涛不在了，他妈的到底能不能解开这些谜团？”

三章　兄妹

郑兆易的担心是对的，这可能是他遇到的最棘手的案件了。凶手像是凭空消失了一样，无论如何侦查，都没有线索。这个案件就跟青铜面具一样，充满了神秘。

提供假线报的线人档案已经第一时间拿到了郑兆易手上。线人魏立伟，三十岁，江西人，六年前来到仁安，从事古玩生意，与黑市诸人多有往来，因杨涛对其有救命之恩，为杨涛提供不少黑市线索。

魏立伟在仁安没有任何亲戚、朋友，完全是孤家寡人一个，他从来深居简出，只与古玩为伍。杨涛曾经说过："老魏啊，你这样的人，恐怕人间蒸发，也不会有人过问。"

现在，魏立伟真的人间蒸发了，留给郑兆易一个难解的谜团。案件成了悬案，而杨涛之死，注定要改变许多人的生活。

杨涛的妻子甘柠女士在案件的第二天就赶回了仁安。甘柠是知名的考古学博士，案发时正在美国访学，她已经在从机场来医院的警车上，听说了噩耗。她没有大声哭喊，比人们想象中坚强得多，她只是默默地流泪，呜呜咽咽地说道：

“我早说了……叫你别做警察……”

她紧紧抱住了儿子杨忘危。有时候，无声比有声，更撕心裂肺。

女干警张小科走近她，轻轻拍着她的肩头。

郑兆易看着她，心中想：“孩子尚小，这往后的日子该怎么过……”

甘柠道：“郑队，案件有线索了吗？”她不提任何往后的困难，反而先关心案件的线索，显示出一名警嫂的骨气。

“这个……对了，我可能还需要您的帮助。”郑兆易忽然意识到，甘柠和杨涛一样，同样是考古学界的高人啊。

甘柠没有正面回答郑兆易，她回头看了看哆嗦中的萧思洁：“这小女孩儿真是俊美，真是个美人坯子……”

“这名女孩儿就是杨哥救下的人质。”张小科说道。

甘柠点了点头：“小朋友，以后阿姨照顾你好吗？”

萧思洁看着甘柠，仿佛看到了自己的母亲，大哭了出来。甘柠蹲下身来，把她抱住：“这个苦命的女孩儿。跟我走吧，咱家里，还是三个人。”

甘柠带着杨忘危和萧思洁回了家。郑兆易尊重她的决定，差人帮助她办好了领养手续。甘柠是知识分子，有文化，有涵养，由她来收养萧思洁，对小女孩的成长，也有好处。至于母子三人的经济问题，郑兆易他们也会全力帮忙。

甘柠提前结束了国外访学，她需要稳定的工作，以她的学问，在西川大学谋职并不是难事。或许是出于对亡夫的感情，她不忍再居住在仁安的小院里。在案件发生后的第二个月，她就带着一子一女，从仁安搬到省会锦城，住进了西川大学为她提供的教师宿舍里。

时间容易将人改变，时间也容易让人遗忘。有些伤痛，幸好还有时间可以抚平。在漫长的时间里，甘柠、杨忘危、萧思洁三人相依为命，逐渐走出了那个血流成河的夜晚。

郑兆易在十多年来，从来未曾停止过对这宗谜案的追查。可是真相就像是一间完全不透光的屋子，郑兆易屡屡尝试突破，却铩羽而归。一开始，张小科会每个月把一些来自警队兄弟们的捐款汇给甘柠，可是甘柠总是把这些捐款退了回来。郑兆易不理解，张小科却能理解，甘柠是个要强的女人，她相信自己可以解决眼前的问题。

郑兆易也时常借着到锦城出差的机会，去看望甘柠，顺便请教甘柠博士，希望能得到关于“青铜面具”和“朱慈墓址”的相关信息。甘柠似乎不愿意再提起和丈夫之死有关的任何信息，她对郑兆易的屡屡登门求教，也是颇为不悦。

“哪里来的什么朱慈面具之说，那个仁安传说中的青铜面具根本就是民间讹传。据史料记载，朱元璋疑心病重，称帝之后，虽然分封朱姓藩王，可是明朝除了个别特例之外，根本没有藩王可以拥有军队，又哪里来的战神朱慈南征一说！”

甘柠的观点是毋庸置疑的：“自明朝开国，朱元璋生恐藩王作乱，极力压制藩王兵权，除了在北面抵御外族、保卫帝国的镇边藩王能拥有大量军队外，其他藩王根本不可能有大规模军队。蜀王朱椿自然不是例外，那么大将朱慈‘戴着青铜面具南征’一说，根本就是民间传说。”

“历史也跟朱元璋开了个大大的玩笑，他本意削藩，只留下了极个别的藩王拥有成规模军队，为了抵御北面的外族，有一位藩王手握重兵，后来发动战争，赶走了朱元璋的孙子，自己做了帝国的主人，他叫朱棣，藩号——燕王，也就是永乐皇帝。”

熟知历史的考古学家甘柠博士压根就不相信有什么朱慈之墓，也不相信什么青铜面具的传说，丈夫杨涛当年就是对传说着了迷，才误信、误判，导致大祸，那些神神鬼鬼的盗墓之说，不过是盗掘文物的行径，和抢劫、杀人没有分别，只是一般刑事犯罪。

郑兆易不甘心：“可是，仁安自古以来流传的诗句那又是怎么回事？”

“什么诗句？”

“三千蜀地破雄关，金龙青甲在云天。王子江山带不去，独留洪武银如山。”

甘柠笑道：“郑队，这你也信？”郑兆易之前也是这样质疑过杨涛，可是他却不经意间，变成了这个传说的信徒。

郑兆易道：“相传朱元璋令朱慈在蜀地秘密修建的一个银库宝藏！这才是盗墓贼盯上朱慈墓的原因。”

甘柠道：“郑队，我刚刚已经说得很明白了，既然朱慈不可能带兵在蜀地打仗，那么所谓的青铜面具一说，就站不住脚，连青铜面具一说都站不住脚，那洪武银库的传说更是经不起推敲！朱元璋建国之时，政权不稳，哪来那么多闲银用于储蓄？”

郑兆易渐渐明白了甘柠的态度。他不再纠缠甘柠考古学上的问题，但他内心已经接过了杨涛的接力棒，一心要破获此案，同时还要暗中照顾好杨忘危、萧思洁、甘柠三人，这是他的搭档留给他的任务。

甘柠白天要授课，将正当学龄的杨忘危送进了西川大学的附属小学，将小一岁的萧思洁送进了学前班。由于是女孩儿的缘故，甘柠总是教导杨忘危在生活中多让着萧思洁一些。杨忘危和萧思洁一开始格格不入，他忘不了父亲出事的那一幕，他时常会做噩梦，梦里重复着当天晚上的情景。渐渐地，这个噩梦成了他的心魔，给他留下了头痛的毛病。他总是会大发脾气：“都怪你！是你害死了我父亲。”萧思洁亦会和他大吵：“是坏人打死了你爸爸，你有本事抓坏人去啊！”

有一次，杨忘危和萧思洁争吵完，转头看见平日里坚强的母亲，脸上已经挂满泪珠。渐渐懂事的杨忘危看懂了母亲的心，他暗暗下定决心，绝对不再惹母亲伤心。

甘柠尚且年轻，学历又高，给她介绍对象的人从来就没有断过。甘柠将这些人都拒绝掉，她已习惯将所有的心思都放在两个孩子身上，她要以更大、更多的爱，来填补杨忘危和萧思洁缺失的父爱。

这些年来，甘柠对萧思洁倾注了更多的关爱，时刻要杨忘危照顾她，萧思洁和她亲如亲生母女。

在这样的家庭里，两个孩子懂事得很快。有一年冬天，大雪，甘柠授课回宿舍，见两个孩子不在家里写作业，时间已经过了放学时间，她心中着急，慌慌张张跑出去寻找，终于在街口将孩子寻到，两个孩子正趴在一家蛋糕店的玻璃橱窗上大口哈着热气，眼馋地看着里边香气四溢、新鲜出炉的蛋糕。甘柠把孩子领回家后，开始教训两个小孩儿：“为什么放学不回家做作业，在外面玩？”

两个小孩吓坏了，半天没说出话来，直到甘柠拿出戒尺，叫杨忘危先摊开手心：“当哥哥的不以身作则，先打五下手心。”

萧思洁喊了出来：“妈，不关哥哥的事……”萧思洁打开杨忘危的书包，拿出一个蛋糕。那一天，是甘柠生日。

甘柠问道：“哪里来的钱买蛋糕？”

萧思洁拉开杨忘危的手，手指通红：“哥哥帮人洗衣服换的……”杨忘危的性格和他父亲一样，什么事都放在肚子里，不愿意解释。

甘柠一时百感交集，她吃蛋糕的时候有些哽咽，这恐怕是她有生以来，吃过的最好吃的蛋糕。

杨忘危和萧思洁就这样成长起来，两人就读同一所初中、同一所高中，杨忘危比萧思洁高一个年级。随着不断成长，萧思洁长得亭亭玉立，面貌清秀，班上的同学总是开玩笑，说她长得极像演员赵丽颖。萧思洁在学校成了校花级的人物，走哪儿都受人捧着。反观杨忘危，成绩平平淡淡，表现也中规中矩，没有太多朋友，也不会引人注目。唯一让学校男生羡慕且惊叹不已的是，他每天放学都和校花一起回家！放学回家路上，总是萧思洁叽叽喳喳说个不停，杨忘危倾听她说着每天班级里好玩的事。转眼进入高考季节，杨忘危压力大，而萧思洁每天会给他讲一些好玩的笑话，让他开心。那个时候的流行歌，也总是萧思洁下载到音乐播放器里，悄悄带到学校，给杨忘危解闷，希望他能保持轻松心态。

萧思洁的爱慕者对杨忘危产生了极大的嫉妒，总有好事的人问："你俩什么关系啊？""怎么老是出双入对的？""他不会是你男朋友吧？"

每每遇到这种问题，萧思洁都不胜其烦："他是我哥，他是我哥，行了吧！"

然后好事者就会接着说："你哥？为什么一个姓萧，一个姓杨？""韩剧里不都是这样演的吗？什么哥哥妹妹的。"

面对这种情况，萧思洁真是无语得很，她只是希望这些流言蜚语，不要影响杨忘危准备高考。

可是世事总是事与愿违，杨忘危在高考前一个月，屡次受到学校不良学生的骚扰。不用说也知道，这自然和某些追求萧思洁未果的坏男生有关。杨忘危没有向老师报告，他性格向来隐忍，后来事态逐渐恶化，杨忘危的复习参考书、功课笔记被人偷偷撕得稀烂。萧思洁火了，她自然知道谁是嫌疑人，与杨忘危同年级的一个富二代缠萧思洁很久了，就跟老港片里的校园不良少年团体一样，富二代的身边总是围绕着一些自作聪明的狗头军师，然后这些军师建议，捉弄一下"情敌"，让他知难而退。

萧思洁冲去找他理论，一群不良少年围住萧思洁，提出只要萧思洁当众脱衣服，保证就不再找杨忘危的麻烦，否则要让杨忘危高考都无法参加。高考对于杨忘危来说，是决定命运的考试，也寄托了甘柠培养儿子的全部期望。面对这种侮辱，萧思洁不知如何应对，涨红了脸。杨忘危出现了，他和一群不良少年打了起来。萧思洁从来没有见到过杨忘危如此愤怒。那场激烈的斗殴，足足持续了两个小时，杨忘危寡不敌众，被打得鼻青脸肿。他一直不服输，每次被打倒，都倔强地站起来，站在萧思洁前面，就像是当年他的父亲，保护她一样。打斗声惊动了学校的保安，斗殴终以诸人鸟兽散告终。经此一役，他深深震撼了这帮不良少年，为首的富二代吓怕了，没想到遇到个不要命的。

萧思洁和鼻青脸肿的杨忘危回到家后，母亲甘柠狠狠地责罚了杨忘危，杨忘危依然没有解释。“你看你这样，你高考怎么办，你高考怎么办啊，还想不想上大学了，啊？”

杨忘危忽然迎上母亲的目光，一字字地说道：“妈，我想去念政法院校。”

甘柠半天没说出话来，好容易缓过精神，“我早知道，你跟你爹一个样！”

西川大学的夜晚很漂亮，杨忘危正沿着教师宿舍楼背后的操场慢跑，他已经下定了决心，要报考政法院校，体能测试是很重要的一关，一定要坚持锻炼。萧思洁帮甘柠收拾完餐桌，也走了出来。她看见杨忘危在操场上慢慢地跑着，也跟了上去。

“哥，妈不大开心。”

杨忘危放慢了脚步，让萧思洁跟上他，“我知道，她不想我做警察。”

萧思洁沉吟半晌：“她是不想你和杨爸爸一样……”

杨忘危沉默起来，萧思洁又问：“你是想为爸爸报仇，是吗？”

杨忘危面容抽动了一下，抬头道：“我想保护你和妈妈。”

多年以后萧思洁回忆起来，那个夜晚虽然没有繁星，可是夜色却十分明净，西川大学里的路灯是那么温暖。

杨忘危的高考志愿，和母亲甘柠发生了巨大分歧。甘柠一直希望杨忘危能直接报考西川大学，西川大学地处省城，是重点大学，最关键的是，他们一家在西川大学生活了十多年，来来回回都熟悉。可是，杨忘危不顾甘柠的反对，坚持要报考父亲的母校中州政法大学刑事侦查系。为了给甘柠做思想工作，他甚至还搬出了爸爸的老战友、当年的文保队长郑兆易——现在已经是郑局长。杨忘危拿出不让填报刑侦系就不上大学的气势，终于说服了母亲。从小到大，萧思洁还是第一次见到杨忘危这么倔强。

杨忘危高考超常发挥，成绩超出重本线许多，如愿考中，皆大欢喜。郑兆易开车送他去学校的那天，杨忘危别提有多兴奋了，一路上在车上和郑兆易聊个不停，甘柠很难插进话去。母亲虽然不再反对，可是从只言片语里也能听得出来，她希望儿子毕业后，不要从事警察职业。杨忘危悄悄向坐在车后排的萧思洁眨个眼。萧思洁会心一笑，向杨忘危做了个加油的动作。

第二年，萧思洁也参加了高考，她的志愿就没有像杨忘危那样发生冲突，甘柠征求女儿的意见，她说希望去报考电影学院。甘柠是个开明的女人，在反复确认萧思洁的想法之后，对她表示了支持。后来萧思洁也金榜题名。

一双儿女得偿心愿，甘柠终于松了一口气。这十几年来，她含辛茹苦，就是想要这样的结果。后来的日子，变得更顺，杨忘危在学校表现优异，成为尖子，毕业前就定了工作。萧思洁在电影学院里，也是备受关注，成为“明日之星”。她念书刻苦，内外兼修，用同学的话来说，就是“明明可以靠脸蛋，偏偏还要靠才华”。而甘柠自己，也因为一项重大研究成果受到瞩目，西川大学于当年年底破格将她提升为正教授。杨忘危毕业后，顺利进入西川警察队伍，得偿心愿。第二年，萧思洁在母亲甘柠的鼓励下，继续深造，考取了西川大学艺术系的硕士研究生。

郑兆易终于松了一口气：他们仨的日子终于变得好起来，一切都会好好的。

四章　反盗墓九组

“放下枪！你跑不了！”一名警察持枪与一名匪徒对峙。匪徒手上，以一名小女孩作为人质威胁。

“我不想坐牢！有种你开枪啊！”

“砰——”枪响了。

“啊——”杨忘危再次从噩梦中醒来，他满头大汗，西川的酷暑还是有几分热度，特别是在狭小的警局宿舍里。从小到大，这个噩梦一直跟着他，那阴魂不散的头痛也跟着他，时常折磨他。太阳慢慢升了起来，阳光照进了警局宿舍。阳光终于将噩梦的阴影驱散。

杨忘危站了起来，快速着装完毕。他看着桌台上父亲的照片，照片旁边是一个金光闪闪的勋章，这两件东西，杨忘危这些年一直带在身边，几乎都成为身体的一部分。照片里的父亲轮廓分明，眉宇间英气十足，而这枚勋章，是他父亲牺牲后，组织上对他最大的肯定。

照片里的杨涛，和杨忘危真是像极了。他已经不是当年那个弱弱的小孩，他已经成长为一名优秀的文保队长。杨忘危凝视照片片刻，“爸，我上班去了。”

阳光照进，勋章金光闪闪。

杨忘危今天上班的时候稍微迟了一些，沈沛已经跑了过来，他每天的任务就是督促杨忘危，千万不要迟到。如果迟到了，他可就要帮杨忘危找一堆借口，向局长郑兆易报告。沈沛在学校比杨忘危低一级，年纪也比杨忘危小一岁，是杨忘危的粉丝。他从念书那会儿就被杨忘危与生俱来的警探气质所吸引。

沈沛时时戴着大大的耳机，整个一新新人类，他比杨忘危潮流多了，杨忘危囿于家庭条件，不可能像师弟沈沛那样新潮，那些高新科技的装备都是要花真金白银的。杨忘危在学校的日常，就和一般学生无异，只是他每每临到考试表现出来的冷静、沉着，几乎让所有老师和学生惊讶，特别是当市局来学校征求专家意见的时候，杨忘危跟随自己的老师去旁听，在会场上，他大胆打断了领导的发言，表达了他认为犯罪嫌疑人可能会逃窜的方向。

然后，案件告破。

他这套追捕犯罪嫌疑人的方法，在多年后，被人写成论文，叫作《犯罪地理热点搜捕技术》。杨忘危仿佛天生就是干刑警的料，而师弟沈沛，似乎就是为了追随他而来，沈沛新潮青春，精通网络技术，在某些时候，和少年老成的杨忘危形成了互补。

沈沛毕业后，被分配到了杨忘危所在的单位。现在二人成为形影不离的搭档。

杨忘危快步走在警局过道上，听说又有案件了。西川最多发的是盗墓。

沈沛跑了过来，“危哥！”

杨忘危瞄了他一眼，“把耳机摘了说话。”

沈沛一把拉下硕大的耳机，里边还放着劲歌金曲。

“快去着装换制服。”杨忘危不忘提醒他，局长郑兆易召集开会，有重要事情要宣布。

耳机里音乐欢快。

“这谁的歌？”杨忘危问。

“周杰伦，《算什么男人》。”

“都唱的什么啊，词都不大清楚。”杨忘危道。

“危哥，你 out 啦！你这样怎么能找到女朋友！”沈沛笑道，“危哥，今天是不是思洁过生日啊？”

杨忘危眼一抬：“关你什么事儿，你小子记性倒好。”

沈沛惦念的，正是杨忘危从小一起长大的“妹妹”萧思洁，他和萧思洁正好同年。上大学的时候，萧思洁时常来看望杨忘危，几次聚会，杨忘危都把师弟沈沛叫上。沈沛第一眼看到萧思洁的时候，简直傻了眼，这世界上还有这样的女子，比赵丽颖还脱俗。沈沛后来理所当然地成了萧思洁的粉丝。他和杨忘危走得近，一方面还有自己的小算盘，至于这个小算盘是什么，追过女生的人都知道。

“听说郑局要宣布什么事儿吗？”杨忘危问。

“好像是前几天一个案件的事儿。”沈沛回答。

“什么案件？”

沈沛神神秘秘道：“一个古怪的盗墓案！”

一听盗墓，杨忘危来了兴趣，这些年在大学校园里，除了专业课程，他也没闲着。他将考古、文物、历史也吃了个透。考古文物的学问，那是博大精深，轻易不能窥见门道，不过杨忘危有一个得天独厚的条件，那就是他的母亲甘柠，这可是顶级的考古、文物专家。杨忘危课余时间，陪着甘柠，各种研究、各种鉴宝。甘柠本不愿杨忘危毕业后从事警察行业，因此倾其所有地教导、引导杨忘危，指望着他一头扎进文物的深坑，无法自拔。杨忘危确实不负母亲所望，他天资又高，加上名师指点，对古玩文物如数家珍，信手拈来。杨忘危的师承不光有甘柠一脉，自从杨涛去世后，于洪一也更加关照杨忘危。于洪一作为杨涛生前好友，又是鉴定大家，杨忘危好学善问，于洪一自然知无不言。集众家之长的杨忘危，年纪轻轻就成为西川文玩界的一号人物。

可是，世事却非如甘柠所想。杨忘危非但没有一头扎进文物的“坑”，反而更坚定地跳入了警察的“坑”。西川盗墓案件猖獗，他接过父亲杨涛的大旗，母亲所传授的文物知识真是如虎添翼，不消几年工夫，屡破大案，成为西川警界的新星。

今天他一听又有盗墓案件，真是兴奋：“快快，把资料给我先看看。”

沈沛一摊手：“工作狂！早饭还没吃呢。”

“叫外卖，二两小面。”杨忘危打趣道，一边推沈沛，催促他去取资料。

沈沛一翻白眼：“我还没换制服呢，一会儿来不及了……”

杨忘危道：“拼了，改牛肉面，怎么样？”

沈沛嘿嘿一笑，就走了。他回到办公室，打开铁皮柜，把资料理了理，去找杨忘危，“危哥，你要的资料。”

杨忘危一把接过，“妈的，这回哪家的先人遭殃了。”

“昨天文物局的去看了，他们说……”

“说是个疑冢，是吧？”杨忘危打断他。疑冢，通俗点说，叫假墓，是古代墓葬里的一种防盗墓贼的手法。最著名的是曹操七十二疑冢，相传曹操疑心极重，生怕自己死后有人对他的遗体下手，于是修建了七十二个陵墓。这七十二处陵墓，只有一处为真，其余均为疑冢。

“你怎么知道？”

“这棺椁摆设不对……这风水摆放，门庭龙石缺位，和甬道口的狮子品级根本不搭配，哪个达官贵人死后住这种墓穴？”

沈沛竖起拇指，“厉害！”

“你说……这是疑的谁的冢？”杨忘危自言自语道。

沈沛摇头：“不知道，这个月第三起了，前面两起都是疑冢。”

“疑冢和真墓的区别，只是没有墓主真身，陪葬品少些，但也有出土文物，也是法律保护的范围。这伙人依然是在犯罪。看看，这疑冢的雕花，是明代的墓！”

两人一边说，一边走进办公室，杨忘危拉张椅子坐下，翻阅案件资料。“这是什么？”一张照片引起杨忘危的注意，那是一张现场照片，拍摄的是在墓穴盗洞口外大约十五米处，有一张纸巾。

“哟，擦鞋布，这还是个雅贼。”

杨忘危转头对沈沛道：“师弟，你记住，现场是……”

沈沛道：“是一切刑侦的起点嘛，我知道啦！嫌疑人心理痕迹就是对他最好的刻画。这话我耳朵都快听出茧子了！”

“贫嘴！”杨忘危举手欲打，“你说说。”

沈沛一伸舌头。

杨忘危简要说道：“这个人爱好整洁、有身份，从开墓手法来看，手艺精湛，而且目标明确，他要找的这个墓，就是疑冢背后的真墓。”

沈沛点点头，他对杨忘危的判断是认同的，“可是……危哥，你怎么老是喜欢碰这些盗墓的案子。”

杨忘危继续看资料，头也不抬：“怎么了？盗墓的案子，就不是案子了？”

“我不是这意思，算上这件，这都是你今年碰的第七件盗墓案了，再这个样子下去，你都要成反盗墓的专家了。你要不改行好了，一锄头下去的买卖。你看现在最火的那些影视剧，什么摸金啊、笔记啊、寻龙啊，你的手艺不比他们差，赌一赌，摩托变路虎……”

杨忘危横他一眼，正色道：“要想战胜魔鬼，先要变成魔鬼。我研究这些手艺的目的，只有一个，那就是打击犯罪！‘盗掘’文物是犯罪的前端，和‘倒卖文物’‘走私文物’等行为是一脉相连，若是没有买家，谁还去冒风险盗墓？每年中国文物流失数量惊人，源头就在于盗墓活动猖獗。盗墓犯罪，是人类史上最无耻的行为，为了商业利益，美化他们，这会带坏社会风气的！”

“说得好！”忽然一个声音从门外传来——局长郑兆易来了，身后跟着女警赵晴晴。这赵晴晴一头短发，很是干练，眉目有神，却少了些女人味。她和沈沛、杨忘危一个小组，当刑警的女人性格都比较外向，她平时和同事们也是兄弟相称，打打闹闹。

“郑局！”杨忘危站了起来。沈沛马上收起了嬉皮笑脸，做严肃状，向郑兆易敬礼。

杨忘危看了看郑兆易，这些年的风霜，他越发苍老了。

郑兆易缓缓问道：“忘危，你有什么想法？”

“这人开穴利落，土层破坏极小，手法又狠又快。从选点的眼光来看，此人精通墓葬风水，从他出入的脚印痕迹来看，他几乎是直奔而来，没有任何犹豫和选择，可见选址技艺熟练……现场四角发现他点的祝融灯，用以辨别墓内空气成分，极其专业……他自持身份，发现是疑冢后，不愿带走半点泥土，又将鞋擦净，随手抛下鞋布，此人还过于自负，在盗墓界资格极老……”杨忘危开始对嫌疑人进行刻画，忽然，他脑中灵光闪过，“这人会不会……”

郑兆易看着他，杨忘危也察觉到了郑兆易的情绪变化。

沈沛接口道：“这人会不会……是当年的‘盗圣’！”杨涛的案子大家都知道，这个人间蒸发的“盗圣”会不会再次出现？

杨忘危真是如遭雷击，他呆呆地看着郑兆易，想听他吩咐。

郑兆易定了定神："忘危，今天我就是要开会宣布这个事，你或许应当回避下这个案子。让赵晴晴和沈沛跟进吧。"

"为什么？"杨忘危道。

郑兆易道："这是你父亲的案子……你应当回避。"

"不！郑局，我必须要跟进这个案子，我不主侦，我来配合沈沛……"杨忘危道。

"晴晴，你觉得呢？"堂堂郑兆易居然征求起一个年轻女子的意见来，这不是明摆着嘛，他是吃定了赵晴晴不会给他一个否定的意见，这样也就算是征求了大家的意见。

赵晴晴看着杨忘危，开口道："我觉得……我们需要危哥。"

"你……"郑兆易料不到赵晴晴居然和上司持相反意见。

"对啊，郑局！让我来办，危哥精通古玩，没有他那套，我们玩不过'盗圣'。"

"什么'盗圣'不'盗圣'！那都是犯罪分子，说得轻巧，此人如此狡猾，你凭什么能抓住他？"郑兆易冲沈沛大声说道。

沈沛一下子没了脾气。

"就凭这个。"

杨忘危缓缓伸出手掌，他的手掌上，一个清晰明显的印记出现在郑兆易眼前，这是当年杨涛临死前从嫌疑人手上取下的古怪扳指，扳指后来在杨忘危手上自燃，给杨忘危和萧思洁打下了终生印记。“我能。我是唯一接触过他的人。”

郑兆易看着他，“怎么抓？”

杨忘危道，“只要我们守住真墓，不怕抓不到他！”

什么什么？郑兆易简直不相信自己的耳朵。这嫌疑人精通墓葬风水，都扑了个空，这杨忘危未必还能比这顶级盗墓贼还精？

沈沛心里也是忐忑：“危哥，话别说太满，这疑冢是明代的，墓主人故布疑阵，专业的盗墓贼都连开了几个疑冢，我们到哪儿找真墓？”

杨忘危不说话，走上前去，拿起笔在地图上画圈，把三处被开的疑冢画在一起，形成一个圆圈。他又画了几道线，将乾卦的“☰”定了主位，依次开始描绘山行龙骨，“回水龙骨有重关，不出八卦阴阳山……”他口中道，“风水之事，虽不全真，可是我们的对手却深信不疑，古人选取墓址极讲风水，只要我们想他人之所想，就能找到真墓！”

沈沛看傻了眼，郑兆易半晌没说出话来，他仿佛看到当年的搭档杨涛再生。沈沛瞥了一眼赵晴晴，只见赵晴晴眼中也是充满崇拜。杨忘危的这手绝技叫作“风水推位”，正是得传自母亲甘柠。

只见杨忘危好整以暇地点了点圆圈中间，一条巫江从南向北流过几个古镇，其中一个地方，郑兆易很熟悉，杨忘危也熟悉，叫仁安。

郑兆易看着杨忘危，沉吟了半晌，正色道：“杨忘危！”

杨忘危一并腿：“是！”

“我宣布，专案组现在正式成立。”

杨忘危双目放光：“是！领导请指示番号。不破此案，就不回来！”这就是立军令状了。

郑兆易仿佛看到了多年前的自己，自己的身边，还有活着的杨涛。他这些年执掌警队门户，已经练就一副铁石心肠，可是看着杨忘危和杨涛如此相似的神情，竟然心中一阵酸楚。他强自压下情绪，脸上挂起了威严，铁不打，不成钢，他决定对杨忘危委以重任。

郑兆易的眼神扫过杨忘危、沈沛，及一众精干的文保队伍干警，一字字道：“专案组番号——反盗墓九组。”

郑兆易年轻的时候，就担任过“反盗墓九组”的组长。他和杨涛搭档破获过许多大案要案，二人纵马扬鞭，何其快哉。

后来这个番号固定下来，就像“重案六组”一样，成为文保队伍的一种荣誉，只有在面对极其复杂的案件时，才挑选精英，重组启用。

“人手随你调配，你自己说的，不破此案，就别回来！”

五章　马家师爷

仁安有很多古董店。

仁安北面的古玩街鱼龙混杂，来路清白和来路不清白的古玩都可以在那里交易。仁安北的“寒夜斋”极负盛名，按照道上的说法，只要是出土的东西，在“寒夜斋”里，都能有个公道的价格。“寒夜斋”的名字，取自“寂寞离亭掩，江山此夜寒”。

古玩店里，今天一早就来了客人。

马掌柜正叼着烟斗，细细打量眼前的客人。这客人穿着浆洗得发白的大褂长衫，像是从民国戏片场里跑出来的人物，他提着一个鸟笼，好整以暇地看着笼里的金丝雀。他约莫四十岁年纪，面容冷酷，一双肉掌肥厚有力。马掌柜认得这双手，他长吸一口气，烟头的火光骤然一亮，眼睛放光，“哟！是曲三爷！”

来者姓曲，名叫满江，排行老三，在古玩界人称“曲三”。马掌柜脸露谄媚之色，迎了上去，帮曲三提鸟笼，口中说道：“三爷大驾光临，今天有什么好的关照啊？”

曲三清清嗓子，阔步走进了“寒夜斋”，他一进屋内，左顾右盼，打量了屋子里的陈列古玩，鼻子里嗤了一声，表现得极为轻蔑，“就这些玩意儿也敢号称仁安的第一古玩店？”

“三爷，这些东西自然入不得您的法眼……”马掌柜赔笑道。他将曲三引入内堂，分坐在茶桌两边，开始烧水泡茶。

曲三手一扬，从大袖里甩出一个布口袋，一摞零零碎碎的东西倒了出来，有钱币，有玉器，有金箔，有银锭……

马掌柜拿起一一观察，眼睛珠子都几乎要贴了上去。

“这是明代天启通宝。”“这古玉温润净透，种水极高！雕工细致上品！”“这是三马青铜刻片！”马掌柜简直按捺不住内心的激动，忘了这一行的规矩：“眼里见着好东西，嘴上要打七分折。”但凡到古玩、典当行业做交易，掌柜总是先把货物贬个一钱不值，然后低价收购。

曲三也不说话，端起茶杯，青花瓷杯里飘着几朵茉莉，茶香四溢。

马掌柜马上反应过来自己的失态，他用力收住自己的神情，将面上表情扭成为难状，准备开始“杀价”，说道：“三爷，这怕不是祖传之物吧？”

“嗯，昨夜光顾了巫江南镇一处大户，那大户谨慎得很，机关了得。”曲三亮出双手，手上有一处划伤。他口中的“大户”，是行业黑话，指的是品级较高的墓葬。曲三是盗墓的高手了，手法干净利落，手上还受伤，这机关够狠的。

“三爷好手段！”马掌柜竖起大拇指，眼珠一转，“既然是大户，怎么才这点东西？怕不是走了眼，开了个疑冢吧……”

曲三面露尴尬，又喝了一口茶：“行业规矩，出手莫问，你开价吧。”

马掌柜迅速拿出一个计算器，噼里啪啦按了几下。随后将上面的数字递给曲三。

曲三一看，将计算器扔在了旁边，收起桌上的宝物，作势欲起身离开，马掌柜赶紧拦住他。

“三爷，三爷，万事好商量嘛！”马掌柜说道。

“马掌柜，‘寒夜斋’莫不是店大欺客？我曲三做买卖，哼哼，从来不拖泥带水……”

马掌柜讪笑道：“那是自然！就凭‘曲三爷’这三个字，一喊出来，哪个敢不给面子？”他搓了搓手，“三爷有所不知，现在风声有点儿紧，这些见不得光的东西，我得另外去找出海渠道。”

“哦？风声紧？”

“西川警局来了个年轻人，叫什么杨忘危，这小子精灵得很，前前后后已经不少人栽他手里了。”

曲三道：“老马，我看你是江湖越混越老，胆子越混越小了……”

马掌柜不好意思地笑道：“小心驶得万年船，这姓杨的小子，有些门道……我们出不了货，价格就上不去啦。”

曲三面色不悦，鼻子里“哼”了一声，一挥袖子，起身拎起鸟笼，准备离开。

“三爷三爷，这样，这些东西还是这个价，我呢……给你透露个情报。”

曲三把眼睛转向马掌柜，“凭你一个‘大门不出二门不迈’的老朝奉，也给我曲三讲情报？”

马掌柜悠悠道：“敝派开宗立山头，也有几手不入流的功夫，三爷不一定瞧得上……”

曲三眼睛忽然一亮，“唔……‘寒夜斋’祖上马百坡老师傅，精通风水定穴，推算墓址号称从不走眼，是界内头号师爷。”

马掌柜嘿嘿一笑，“那就看三爷信不信得过我马家手艺了。”

曲三凑了过去，马掌柜伸手在茶水中沾湿了手指，在黄花梨茶桌上，轻轻写了两个字。

曲三神色古怪，“朱慈？是那个青铜将军、明蜀王之弟朱慈？”

马掌柜道：“这个业务若能搞下来，三爷您就可以提前退休啦！”

“神将朱慈，疑冢很多啊……这子虚乌有的事儿，老马你拿我寻开心是不是？”曲三道。

“三爷莫不是没听过‘青铜面具’的典故？”

“听过，听过。”曲三摸着下巴。

“六十年前出手的青铜面具正是我马家的手笔！”仁安当年出土的青铜面具，原来是“寒夜斋”倒手卖出国外。马掌柜悠悠叹道："可惜啊，可惜啊，我马家要是也能出几个三爷这样的硬手，就不用尽是给他人作嫁衣了。"他言下之意，对这朱慈之墓的真墓址已经看得极准。

这盗墓圈子里，马百坡当年认穴功夫可堪一流，可是身手极差，只能在幕后当个指路的师爷。

曲三阴恻恻地笑道："朱慈的面具都见光了，哪里还有其他值钱的东西？"

马掌柜回过头，从抽屉里翻出一卷发黄的画卷，手一抖，画卷展开，一幅丹青老画出现在曲三眼前。画中一个戴有青铜面具的男子，右臂举刀，左手握拳，立跨马上，那马匹神骏异常，前蹄高抬，作势欲奔。这幅画笔墨功力极其深厚，给人神情振奋之感。曲三不由得眼前一亮，"好画！价值三百五十万以上。"

马掌柜笑道："三爷是识货人，您还看出什么来？"

曲三道："这画是……青铜将军朱慈？"

马掌柜道："正是。"

"这想必就是青铜面具了。"

马掌柜指着画，"三爷您再细看。"

曲三顺着他手指看去，眉毛一抬，方才注意到画中的朱慈不仅面戴青铜面具，虎躯之上，还装备有一副半肩的青铜铠甲。这铠甲只有半肩，朱慈露出粗壮的右臂，持刀杀气腾腾，他右臂之上，两道盘龙刺青异常打眼。画中铠甲作青铜质感，有血染之色，其做工精良，从胸沿到腰，一条金龙纹作势腾飞，如果说青铜面具价值连城，这整套布满刀痕剑痕的青铜铠甲，才真正证明历史上朱慈在蜀地打过仗！

无论从考古价值，还是文物本身的价值来说，都是无价之宝。

马掌柜悠悠道：“三爷，朱慈墓葬的真正价值还远不在此，你可听过‘三千蜀地破雄关，金龙青甲在云天。王子江山带不去，独留洪武银如山’。这是仁安流传了许多年的一首诗谜，相传谁能猜得破，就能找到当年的洪武银库。”

“洪武银库的传说在圈子里我听许多人说过。”

“洪武银库可不是简单的传说而已。我马家祖上也误以为是个民间子虚乌有的传说，可是六十年前仁安出土的一块青铜面具，不正是印证了这个传说的真实性？这诗里提到的‘金龙青甲’，指的正是金龙纹青铜将军朱慈啊。”

曲三沉吟半晌，说道：“这金龙青甲和洪武银库有何联系？”

“三爷，那洪武大帝朱元璋为防忧患，命朱慈于西南秘密修建洪武银库，以备不时之需。这富可敌国的银库所在，就只有朱慈与当朝天子知晓，不料朱慈逝世之后，明代发生了一起内乱……”

“你说的，可是燕王朱棣夺位？”

马掌柜道：“这人尽皆知的典故，却有着不为人知的秘密。”

“什么？”

“在这一场朱家王权大战之中，洪武银库的宝图被焚毁！是以直至南明灭亡，都没有人寻到洪武银库的消息。正如诗中所说‘王子江山带不去，独留洪武银如山’。既然皇家的宝图已经失落，那么要寻这如山的银库，只能在朱慈的墓葬里去啦！”

“可是，六十年前出土青铜面具的墓葬，其主人难道不是朱慈？”

马掌柜长叹一声：“朱慈真神人也！他死后设置多处疑冢，将随身物品分开陪葬，以假乱真，增添风水定穴的难度。那出土青铜面具的墓葬，不过是疑冢之一！三爷你想，那洪武银库的所藏之地，必然是一幅地图，而朱慈随身陪葬之物，还有什么地方足以刻下这张地图？”

曲三看着朱慈的画像，心中怦怦直跳，自古宝物动人心，这富可敌国的银库地图，决计无法刻在小小的面具之上。他拊掌道：“想必只能刻在这副甲胄之上！”

马掌柜看着曲三，二人会意一笑。欲得洪武巨宝，必得朱慈真墓。很好，很好，“但愿三爷事成之后，别忘了我的指路功劳。”

马掌柜目送曲三离去，内心久久不能平静，曲三盗墓是一把好手，只要曲三照他说的做，就一定能找到朱慈真墓。他心中有恃无恐，即便曲三找到了朱慈真墓，在墓中掘出朱慈的甲胄，没有他马家的技术帮衬，曲三也不可能打开传说中的洪武银库。到时候二人谈好条件，进行分赃，这笔买卖绝不亏本。

很长时间没有策划这种大买卖了，马掌柜心里乐开了花。他哼着小曲，把玩着从曲三手里收来的宝贝，不时亲一口手中的钱币、玉片……他那表情就像是偷吃糖果成功的坏小孩一样。

“喂！谁是老板！”

一个声音打断了马掌柜的兴致，他在柜台后抬起头，“谁啊……”

两个年轻男子站在他面前，当先的一人穿着灰色套头卫衣，颜色很潮的鞋子，脖子里还挂着耳机，看起来像是刚毕业，又像是没毕业的大学生。后面一个年轻人，穿着修身小西服，少年老成，气质沉稳，但依然能看出比前面的这位潮男大不了多少，应当是同龄人。

“二位这是……”马掌柜抬了下圈框眼镜。

“你是店主吗？”

“正是在下，不过小店今日已经打烊，二位明日请早！”他一作揖。

“少跟我文绉绉的！”当先的年轻人说道。

马掌柜的得意劲还没过呢，突然被人打断，他手上一推，将小口袋里的东西推进了抽屉，怕被人看见，这些东西可是曲三昨夜才盗墓而出，在洗白之前，还是不要被人见着为妙。

他这细微动作，本来极快，可还是没有躲过二人的眼睛。“啪——”在后面的年轻人一踢柜台，那柜台向后一缩，马掌柜正在向抽屉里藏东西，抽屉门重重夹在他手上。

“哎哟——”

当先的年轻人上前一步，把马掌柜的手摁在桌上，盯着他。后面的年轻人亮了亮证件。

“原来是杨忘危警官！您这是干什么啊？”马掌柜强自镇定。

来者确实是杨忘危和师弟沈沛。近来屡发疑冢被盗案，杨忘危早就安排好人手，把所有可能出货的黑市场所都盯住了。

杨忘危严肃道：“马三摆，你说我今天来干什么的，你自己的事儿，还不清楚吗？”

“我是正经商人啊！”

沈沛抓出一个小袋子，“危哥，你看。”

杨忘危道：“胆子不小，这是天启通宝吧？”

“仿制的元宝……仿制钱币。”马掌柜申辩道。

“扯什么淡，明朝一代，为避开国皇帝朱元璋的名讳，钱币都是通宝，哪里来的元宝？哟，还有块鸡血古玉……”

马掌柜又道：“我祖、祖、祖传的……”

杨忘危笑了：“那……这块青铜刻片也是你祖传的？你祖上给汉武帝当太监啊？”

沈沛指了指他肩膀上的微型执法记录仪，道：“马三摆，你胆子不小啊，知不知道倒卖文物判几年啊？”

“二位小哥，这个马某不知情啊，也是朋友寄放我这里的……”马三摆赔着笑，他突然缩手，手上发力，竟然挣脱沈沛。他大喝一声，把桌上东西猛地一掀，就往外跑。

“想跑！”沈沛往前一扑。那马三摆随手抓起店铺里一个瓷瓶向沈沛头上砸来，眼看沈沛就要流血当场，杨忘危眼疾手快，抓住一条木凳，将马三摆手上瓷瓶格开，这瓷瓶立马爆碎。

借此机会，二人追击之势缓了一缓，马三摆一个滚地，已经逃出店门，他向巷子口跑了几步，那里停着他的五百万豪车。他顾不得这许多，今日只要不落到杨忘危手上，就算命中大吉。他马家虽然功夫不强，可是逃命的本事，却厉害得很，他这些年，脚法也没有落下，只见他几个起落，就和杨忘危拉开了距离。

马三摆长舒一口气，此刻杨忘危和他的距离无论如何追不上他，他只需要发动汽车，就可以逃之夭夭。

“危哥，什么情况？”杨忘危的对讲机中传出一个女声，是他们小组的赵晴晴。

“姓马的跑了。”杨忘危倒是自信得很，他一边追，一边回答。他离马三摆的车尚有一定距离，马三摆按下车窗，冲杨忘危笑，他对自己的跑车提速能力有极大的信心，他只需要一点启动，然后一脚到底，这台价值五百万的跑车就将狂飙而去。这些年倒卖宝贝，他是赚足了钱。

他狠狠道一声：“再见，二货！”

“不好！”沈沛跟不上杨忘危，但已经看到马三摆启动汽车的动作。

“干扰他！”杨忘危对对讲机说。

“是。”赵晴晴答。

杨忘危道：“这王八蛋跑不了。”他早就安排好赵晴晴做接应。

街角的赵晴晴启动干扰仪。这设备是沈沛精心准备的，他是个技术控。马三摆慌张地按着“一键启动”，车辆的无钥匙启动系统被干扰。“妈的，怎么回事？”马三摆拼命击打启动键。

杨忘危已经冲了上来，好整以暇，“哟，好车啊，怎么跑不动啦马老板，刚二货骂谁呢？”杨忘危拉开车门，把马三摆拽了出来，他激烈反抗，抄起车上一个黑黝黝的钢棍，朝杨忘危招呼过来。

杨忘危身手好，一招一式干净利落，他刑侦系科班出身，擅长擒拿功，又是年级的搏击冠军。几个回合下来，他一个飞踢，马三摆闪身，杨忘危拿定身形，上前一个别臂沉肩，左腿轻轻一绊，将马三摆放倒在地。沈沛扑了上来，二人将马三摆按住。

杨忘危道：“这些古物哪里来的？”

马三摆道：“挖墓挖出来，卖过来的……”

“谁卖的？”

“曲三爷……”

杨忘危和沈沛对望一眼，这是个暂未进入侦查视线的人物。沈沛道：“什么三爷四爷的，还发哥呢！说名字！”

马三摆道：“曲……满江……曲满江！”

杨忘危严肃道：“他人呢？去哪儿了？”

马三摆嘴硬：“我不知道……”

杨忘危手上用力，马三摆吃痛，“哎哟哎哟……”

马三摆顿了一顿，说出一句让杨忘危大惊的话：“他找朱慈墓去了！”

六章　九龙聚水阵

从仁安回锦城，约莫两个钟头。

把马三摆带到警局之后，杨忘危和沈沛马上向郑兆易进行了汇报。

郑兆易一拍桌子：“立刻突审马三摆！”

审讯室内，马三摆坐在杨忘危和沈沛对面。

杨忘危道：“可以啊马三摆，贩卖文物、暴力抗法、拒捕，监狱伙食可好了。”

马三摆道：“我没有……”

“你现在还有一条路，那就是立功。你要是骗我，只有一条死路。”

马三摆手一抖，额上汗珠直冒。

这个微反应，哪里逃得出杨忘危的眼睛：“你为什么要流汗？你心虚了？”

杨忘危故意停顿了一下：“告诉我，曲满江去哪里了？”

“我说过了，他找朱慈墓去了。”

“你知道朱慈墓在哪里？”

“对，普天之下，只有我知道。”

“你怎么知道的？”杨忘危问。

“风水推位得出来的……”

杨忘危扔给他一个画本：“这是你最后一个立功的机会，画出来！”

马三摆抖抖索索的手提起笔，在画本上画了起来，片刻即成，推给了杨忘危和沈沛，上面全是八卦图案的算法。

沈沛道：“这是什么？”

杨忘危道：“乾三连，坤六断；震仰盂，艮覆碗；离中虚，坎中满；兑上缺，巽下断[①]……是玄宫飞星盘。”

马三摆眉毛一抬，颇有不屑的神色：“杨警官，你也是行家？地址我已经画出来了，能不能解开它……哼哼。”他在这个算法之上，加入了两重的秘法，寻常卦师根本没有办法解开。

“不见棺材不流泪……”杨忘危抓过画本，迅速将图上的卦位推演方位。马三摆画的图，是依照玄宫飞星盘的方式来推演方位，这源于后天八卦配洛书图，又叫洛书九宫图。

杨忘危小声告诉沈沛：“古人标记方位与现代人刚好相反。现代人标记方位是上北下南，左西右东，而古人则是下北上南，右西左东。而洛书九宫图则是数、卦、方位一一对应，一代表坎卦，位居正北方；二代表坤卦，位居西南方；三代表震卦，位居东方；四代表巽卦，位居东南方；五代表中宫；六代表乾卦，位居西北方；七代表兑卦，位居西方；

① 语出宋代朱熹《周易本义》。

八代表艮卦，位居东北方；九代表离卦，位居南方。”

只见杨忘危迅速破解马三摆的图案推演，画成一个方位图。他将方位图蒙在仁安的地图之上，圈出了中宫之位，情况立刻明朗——这根本不是一个风水宝位。杨忘危扔回给他：“耍花样？就这个地方，换你你会选成风水墓穴？”

马三摆呆立当场。

杨忘危道：“马三摆，你是这行的老前辈了，按照行业的规矩，起码的身段和气度该有吧！”

马三摆长叹一口气：“成王败寇！”

经过三小时的突审，马三摆终于被杨忘危强大的攻势拿下，此刻他推演的《朱慈真墓址图》已经拿在杨忘危的手上，为了便于警方辨认，他还将方位转换成地理经纬度，这个坐标直指仁安最南端的巫江南镇。

杨忘危暗自赞叹，这仁安马家不愧是风水世家，对于八卦易理之精通，确实非同凡响。

临到结尾，杨忘危和沈沛起身要走。

“慢着。”马三摆道。

“哦，还有什么要交代的？”沈沛问。

“杨警官，我可以问个问题吗？”

杨忘危回过头来：“什么问题？”

“您师承何处？”

杨忘危笑道：“我母亲教的，我母亲姓甘。”

马三摆陷入沉思，喃喃自语：“姓甘……”

杨忘危走出审讯室，沈沛捧着一摞记录，手都写酸了。

“危哥，要不是你折服他，他也不会供出真图……”

“先别高兴太早，这人不是庸手，这张墓址图，我还不能辨别真伪，只是表面看来，应当是个风水宝地。”

杨忘危手机再次响起，“哎哟，不好。今天是妹妹萧思洁生日！你怎么不提醒我！”

沈沛委屈道：“我一大早就提醒了你。”杨忘危喊了一声，拉上沈沛就走，“今晚到我家吃饭，陪我喝两杯。”沈沛顿时心花怒放，正是求之不得。

二人驾车回到西川大学，天色已晚，华灯初上，西川大学里两三个学生情侣正在散步。杨忘危一打开门，就看见萧思洁和母亲甘柠坐在餐桌旁，母亲安详地倚在椅子上看电视，萧思洁则在一旁无聊地玩手机。

“哥回来了。”萧思洁抬头看到了杨忘危。

“开饭啰。”甘柠特别开心，今天是萧思洁生日，过了这个生日，萧思洁就将硕士研究生毕业了，眼见一双儿女如意，她自然非常开心。

四人开始共进晚餐。两杯酒下肚，沈沛和杨忘危又开始聊起今天的所见所闻。甘柠只是帮杨忘危夹菜，也不唠叨他，静静听他说。

沈沛大大赞捧杨忘危办案如何神勇，不时用眼睛瞥一下萧思洁，萧思洁听得津津有味，调侃沈沛：“阿沛，就你这水平，你怎么就不怕成我哥的累赘啊？”

沈沛学着《大话西游》里的台词：“论长相呢，我是比他高一点点……”他就是改不了语无伦次的毛病。

杨忘危笑道：“也亏得沈沛的技术，这小子体格不行，可是脑子好使啊。他设计的干扰器，今天起大作用了！”

“今天抓了人？”甘柠问。

杨忘危道：“嗯，对了，妈，我正要请教你。”杨忘危从背包里掏出一张图来，“仁安有个神神道道的‘寒夜斋’，你听说过吗？”

甘柠沉吟半晌：“我听过，你爸爸在世的时候，就盯他们很紧，那是个远近闻名的交易黑市。”

沈沛道：“今天咱们抓了现行，把它的老板扣了。”

杨忘危看他一眼，责他多嘴。

甘柠道：“这张图是什么？”她缓缓展开，眉目之间忽然闪过一丝不易察觉的惊讶表情。

“妈，这是马三摆画的。”

这张简单潦草的手画地图上，标注出了几个镇子的位置，画的上方是延绵的山脉，一条巫江从北到南。在这张图的上下左右标注着风水推位。

“画得真臭。”萧思洁皱起了眉。

沈沛风趣道：“你想啊，一个人要是在看守所，面对着审讯警官，还能画出美妙的画来，那才真是奇迹啊。”

萧思洁笑了出来，她这一笑，沈沛看得似也痴了。

甘柠叹了口气：“说吧，阿危你想问什么？”

杨忘危忽然正色道：“马三摆画的这个风水推位，做不做得准？”

甘柠道：“准。”

“那就好办了！”杨忘危和沈沛对望一眼。萧思洁顺着杨忘危的眼神望去，只见那张草草画就的风水推位图的正中心有一个圈，旁边对应写着经度、纬度。

马三摆被捕后，在杨忘危突审之下，交代了曲满江的去向——找朱慈墓去了。曲满江凭什么能找到朱慈墓？据马三摆交代，他马家世代精通风水推位、分金定穴，他已经将坐标图告知了曲满江。

甘柠问：“这图的中心处是什么？”

“据马三摆说，是明将朱慈的真墓址……”

“你也相信真有朱慈墓？”甘柠皱起眉头。杨忘危的父亲杨涛，当年也是痴迷青铜面具流失一案。

杨忘危很坚定地看着母亲。

甘柠长叹一声：“那这图，做不得准。”

沈沛道：“啊？”

杨忘危好生失望：“还是假图？”

甘柠拿起笔来，在图中心点了一点，然后向右移了半寸，“朱慈是明蜀王之弟，当时尚有洪武大帝朱元璋，朱慈绝不能用帝王之尊的九龙聚水阵来定址下葬，你看马三摆给你的这个图……这个位置附近藏水九道，这是犯了忌讳。”她用笔重新点出一个位置，“坎卦属水，如果真有朱慈之墓，这才是符合他身份的王侯之位！”只见甘柠画出一个小小的圆圈，正在仁安最南端的巫江南镇。

杨忘危看得呆了，母亲的功夫他还没学到手。

“好了好了，人家过生日，你们尽是说些墓啊葬啊……”

萧思洁不悦道。

杨忘危陷入思考之中，对妹妹的抱怨浑然不觉。沈沛立马调节气氛："哎呀！我的错，我的错，我罚九杯，来个九龙聚水！"

甘柠和萧思洁都笑了起来。

萧思洁突然道："妈，我来讲点喜庆的事儿！"

"哦？快说。"

萧思洁笑道："我快要接到一部戏了。"

沈沛搭话道："这好事儿啊！还没毕业，就已经有作品了。"萧思洁论颜值，堪比当红赵丽颖，论演技，又是科班尖子，只要给她一个机会，想不红都难！

"现在还不知道呢，不过我会用心去表演的，叫作《国安局密档》，这戏挺正能量的，作为我的毕业作品还不错。"

杨忘危回过神来，说道："太好了，以后要是成了明星，哥哥辞职来给你当保镖。"

"算上我一个啊。"沈沛一旁笑道。

甘柠问："这剧组是怎么找上你的啊？"

萧思洁一愣，她似乎没料到母亲会这样问："我……我一个同学推荐的。"

杨忘危警惕地问："什么同学？"

萧思洁道："我研究生同学……"不知何故，气氛突然有一点儿尴尬，萧思洁竟然有一丝脸红。

杨忘危自然看出来了，"是个男同学吧？"

"嗯。"

甘柠放下筷子：“做什么的？”

萧思洁捋了下头发：“好像家里是做企业的吧……”

“啊？”沈沛张大了嘴巴。

杨忘危看他一眼：“啊什么啊，关你什么事儿。”

沈沛道：“哎呀哎呀，现在社会上骗子多，渣男一堆堆，可要当心点。”

“哎呀……我那同学挺真诚的。”她回答“挺真诚”，等于是默认了。

甘柠笑着道：“女大不中留，但选对象呢，要选个踏实稳重的，这小伙子家里做什么的并不重要。”

杨忘危道：“怎么不重要了，若是作奸犯科，我去抓他，到时候不整一出家破人亡啊？”

“呸，乌鸦嘴。”萧思洁吐了吐舌头。

“给妈妈说说，是个什么情况。”甘柠问。

萧思洁脸上难掩小女儿情态：“他叫唐少川，和我一样大，从大一就开始追求我……”

“藏得够深啊！”沈沛道。萧思洁察觉到了一丝酸味。

“唐少川人挺真诚的，平时学习也上进，对我帮助挺大的，这次接戏，他说有个亲戚在九州影业，于是就推荐了我。”

沈沛眉毛一抬：“九州影业？这几年比万达集团还火，能攀上这种亲戚？这小子是富二代吧。”

甘柠道：“能读研，也算是比较上进的小伙子。”甘柠在西川大学任教，她的思维自然习惯用学问来衡量是否上进。

“啥时候领回家让哥给你把把关。”杨忘危口中这样说，却莫名的有一丝惆怅。

“哎呀，还没到那一步，早着呢，我还没答应他。”

杨忘危百无聊赖地敲着筷子：“早什么呢，你刚才说这个唐少川的时候，用习惯的右手捋头发，从推理学角度来说，这是对他有所思，是对他有感情啊……今天他怎么不约你一起过生日啊？”

“神探哥哥，就别拿你的那套对付我这无知少女了，好吗？我真的还没有答应他！我们现在只是好朋友！”

“长点儿心啊！”

“知道知道，我知道怎么保护自己。”萧思洁开始撒娇，正说着，手机微信响了，“妈，我……我……”她似乎不知道该怎么说。

甘柠微笑道：“快去吧，女孩儿的心思，我知道，今天你回家陪我吃饭，剩下的时间该留给你自己了。”

萧思洁满心欢喜：“谢谢妈！把碗留着，我来洗啊，我十点前就回来。”萧思洁和杨忘危、沈沛象征式的告别后，就出门了，临行还化了淡妆，穿着一身淡素连衣裙出去了。

看着萧思洁出去的背影，沈沛心中更加发苦，杨忘危怅然所失，甘柠看着儿子，若有所思。

“危哥，你看。”沈沛走到阳台上。他看见萧思洁已经走到楼下，西川大学学生操场背后是大学后门的一个小巷子，小巷子里，停着一台白色的凯迪拉克轿车。

杨忘危也走到阳台，他看见轿车上下来一个年轻男生，这男生穿着湛蓝小西服，长得俊秀，很像某位当红的小鲜肉。他举止优雅，迎上了萧思洁，为她打开车门，然后坐回驾驶室。车灯亮起，车辆缓缓驶走。

“这还叫没什么啊？我看这家伙追女生是老手哟。”沈沛愤愤道。

“人家举止优雅，你就说人家是老手……”杨忘危说道。

“可不是，从推理学的角度来说，他这难道不是有意讨好？”沈沛不服。

杨忘危冷冷一笑：“从推理学的角度来说，这叫……绅士！笨蛋。”

沈沛嘴噘起老高：“不就是个小白脸、小鲜肉嘛，这种艺术学校里的，有什么了不起，我们警察才是真男人。”

杨忘危摇摇脑袋，说道：“如今啊，小鲜肉当道啊。也不知道这姓唐的小子，什么来头。”

甘柠喊道：“这饭还吃不吃啊，两个臭小子。”

“妈，明天我要出趟差。”

“我知道，你要去巫江南镇。”

“父亲保佑，我能抓获当年凶手。”杨忘危将桌上的酒一饮而尽。

七章　朱慈秘宝

唐少川和萧思洁真是一对璧人。当这二位俊男美女出现在 Party 现场时，众人一声惊呼，这简直就是国际级别的明星范啊。

萧思洁很开心，眼前的这名男子，和外界传闻的那种华而不实的小鲜肉不同，唐少川有上进心，学习刻苦，为人忠厚踏实，明明可以靠脸吃饭，偏偏要靠勤奋。萧思洁没有过问过他家具体的情况，在萧思洁的心中，只要人对位，就好了。唐少川是学话剧的，和萧思洁有着同样的艺术追求。二人志同道合，唐少川追了六年。虽然萧思洁一直没有答应做他的女朋友，可这种灵魂相伴、默默付出的情感，想必也是唐少川战胜萧思洁身边众多追求者，走到萧思洁身边的原因。

有时候，将爱未爱，更美好，也更无拘束。

让萧思洁开心的另一个原因，是刚刚在车上，收到了一份惊喜的生日礼物。她一上车，唐少川笑着递给她一个精美的信封。洁白的信封用一根酒红色的缎带装点了一番，看得出来送礼的人很是用心。

“这是啥？”萧思洁不接。

“你看看嘛，看看就知道了。”唐少川浅浅一笑，露出一个酒窝，很是俊美。

萧思洁打开信封，里面是一套整齐的合同。

“生日快乐！”唐少川眨了下眼，“从今天开始，你就是九州影业旗下的演员了，以后红了可别忘记我啊！我当经纪人也行，打杂也行……”

萧思洁被他逗乐了：“什么时候嘴这么贫。”

唐少川正色道：“我得赶紧讨好你，以后可就是我的衣食父母啦。实在不行，我来给你当专职司机，成不成啊？”

萧思洁笑得前仰后合：“我还没去过九州公司面试呢，怎么就搞定工作啦？我可不想走后门。”

“嗯，那是当然，九州能签下你啊，是他们的福气！”唐少川笑道。

九州影业目前确实是业内规模最大、势头最劲的企业，几乎就要成为一艘文化产业的航空母舰。唐少川能搞定萧思洁的工作，也是费了一番功夫的，九州的掌门人唐九州可不是省油的灯。

唐九州五十出头，可是头发远比同龄人白得多，他要操心的事情太多了。经过这些年的商海沉浮，他历练得城府颇深。他和颜悦色，慈眉善目，随时都能让人感觉到他的大气度、大格局。他坐在那里，就像是一尊仁厚的巨大佛像。

唐九州刚参加完一场慈善晚会，他似乎很喜欢这种觥筹交错的场合。晚会的主题是庆贺九州集团的一部电影作品摘得大奖，国内外的明星大咖都来向这位九州集团掌门人祝贺，场面奢华得如同奥斯卡颁奖典礼。九州集团的声望由此可见一斑。集团股价一路飙升，唐九州在福布斯排行榜上的排名又提升了。

应酬完朋友之后，他宣布将电影的全部票房捐赠给某慈善组织。聚光灯打到他那张慈祥的脸上，他给出一个优雅的笑容，仿佛这一切不值一提。

唐九州酒量并不甚好，如果不是需要他来将晚会推向高潮，他不会饮太多的酒。他并不喜欢出现在媒体的视线中，更别说参加这种直播的晚会了。正因为如此，外界对唐九州的善名更是推崇，他似乎就是为了慈善而慈善，而不是为了商业炒作而做一些粉饰自己的事情。

唐九州穿着一身老旧的唐装，在人群中格外独立、格外醒目。他用笑容来应付嘉宾，他的微笑让人感觉温暖。

成功人士、人生赢家、慈善大咖……唐九州头上顶着太多光环，外界对他真实的生活状态知之甚少，他内心比任何人想象的都要古怪。他不喜欢和人说话，对，是不喜欢和"人"说话，他喜欢在屋子里，独自对着他的藏品交谈。他的藏品甚丰，包罗万象，他最喜欢独自坐在自己的小天地里，高谈阔论，仿佛每一个藏品都有灵魂，都能与他对话。他的第一任秘书，撞见他对着一个青花瓷瓶聊天，差点以为见了鬼。

现在，唐九州终于又坐在了自己的房间里，别人的晚会结束了，他的晚会才刚刚开始。他的巨大座椅背后，是一道御品玉屏风，屏风上的大山巍峨，背靠这样的屏风而坐，这是风水的讲究，这叫——“有靠山”。

慈眉善目的唐九州此刻不再慈眉善目，他像帝王般极具威仪，他冷冷看着前面跪着的一个中年男子。他身旁站着他的女秘书和两名心腹部下。女秘书正捧着一个精致的盘子，盘子上金丝走线，行如飞天，盘子里放着几样古玩。

唐九州不说话，伸手从盘子中一样一样拿过古玩，开始品鉴——极少人知道，这位九州影业的掌门人，竟然是个古玩爱好者。不，应该是古玩痴迷者。堂下跪着的男子，则是许多投其所好，为其寻宝盗墓、搜罗古玩的马仔之一。

唐九州用鼻子嗅手中古玩，他的表情很陶醉，像是吸食了某种毒品，又像是进入了快感的高潮。半晌，他终于开口，声音充满磁性，充满权威：“南宋的东西，精致归精致，可是毕竟不大气。这个就不一样了，大开大合，唐彩就明显有味道的多……”

唐九州品评古玩，确有独到之处，他闭上眼睛，就凭鼻子，都能嗅出年代和优劣。

对面跪着的男子听他这样说，不禁大喜。

唐九州忽然不说话了，抓起盘子里最后一件古玩。这是一件明代景德镇官窑瓷瓶，釉色均细，十分精致，瓶底打着一个模糊的年号，那是一个战乱的时期，唐九州摸了摸瓶底的年号，抬头不语，仿佛在追思当年的战乱与烽火。

“南明战乱的东西，要是没有血腥味儿，就不对了。”唐九州的脸色变得很阴沉，“混账东西！”

“咣——”瓷瓶摔得粉碎，碎片飞溅，割伤面前的男子。那男子不敢躲闪，大喊：“老板饶命啊！”这可真是从天堂一下就到了地狱！

唐九州站了起来，神色安定，负手而立，“‘夫法度者，朝廷所以治天下……刊布中外，令天下所知’这是出自哪里呀？”

他这样莫名其妙地说出一句话来，在场的人都愣住了。

那献宝的男子战战兢兢接口道：“出、出自……明太祖朱元璋令李善长编修……”

“编修什么？”唐九州向前走了一步。

“大、大明律……”那男子不敢抬起头。《大明律》和《明大诰》里的酷刑五花八门，以笞、杖、徒、流、死为五刑，即所谓正刑，其他如斩、绞、迁徙、充军、枷号、刺字、论赎、凌迟、枭首、戮尸等，令人闻之胆寒。唐九州突然提到这一出，自然不是好的预兆。

“唔，孺子可教，在我们行业里，也是一样，没有律例，就没有规矩，长幼礼仪、伦常道德、忠孝仁义，都是我的规矩。不守规矩的下场，你是知道的……”

唐九州那慈眉善目的脸上，浮现起阵阵杀气。

“九州爷饶命！”

“爷对你没有偏见，你熟知掌故，精通古玩，竟然失手！”唐九州一个眼神，他身旁的保镖上前一步，抓起男子的脑袋，重重摁在瓷瓶的碎片上，鲜血直流。

“我这人向来公道，你先收了我的钱，却拿赝品来糊弄我。我对你何其仁厚，你却对我不义。”

唐九州义正词严地训斥，却不承想他才是幕后指使犯罪的主谋，一切罪恶因他而生。他满口忠孝仁义，自认永远占据道德制高点，平日对身边人极其残酷，对外界又头戴慈善光环。他对眼前的男子痛下狠手，全然忘却当年他相中一名收藏家所藏的一幅《瑞鹤图》真迹，询买不成，便指示他的亲信伤人偷窃，而事发之后，又让眼前的男子顶包，坐了几年冤狱。

真是应了一句古话，满嘴忠孝仁义之人，往往多行伪善之事。

那男子不顾脸上鲜血直流，点头直如捣蒜：“九州爷饶命，看在我追随您多年的分上。我不是故意的，这阵子风声紧，开不了好的穴啊。”

“阿彪，你是赌钱输急了，才想到来糊弄我的。”唐九州淡淡地说。他身边的保镖扔给男子一沓借据。

男子脸色煞白。什么都逃不出唐九州的眼睛。他赌钱输得急了，于是向唐九州伸手要钱，声称能搜罗重宝献上，可是警方最近打击得严厉，他屡屡不得手，眼见唐九州限定时间将至，他铤而走险，竟然想用一赝品瞒天过海。

唐九州的规矩圈内都知道，出手阔绰，要多少价都有，可是就一条，不能骗他。这是犯死忌。

那男子不住磕头：“九州爷，不是小人不得力，最近警察局出了个叫杨忘危的小子，很有些门道，兄弟们接连落网……”

唐九州眉毛一抬："那是你们食古不化，不思变通，你算的着的风水宝地、动土吉时，那姓杨的警察想必也是行家，别人先行一步，自然张网以待！无论你百般辩解，欺骗我的事，却无法轻饶！"

男子命悬一线，大喊道："九州爷，我还有货！"

"哦？"

"朱慈！青铜将军朱慈的甲胄！"

唐九州眉毛抬了一下："这子虚乌有的东西，谁信？"

"是真的！我朱家世代流传，朱慈逝世之后，留有一十二处疑冢，并且将他战阵之时的青铜面具和甲胄分开埋葬。早在六十年前，青铜面具出土，就已经验证了传说。青铜面具既已走失，那青铜甲胄更是海内孤品，据称它铸造如神，刀枪不入，青铜金丝，金龙纹缠身，乃是无价之宝。"这男子正是仁安朱姓人家，朱慈的秘宝在他家族里世代相传，不过谁也不知道朱慈之墓在何处。

"朱彪，你可别信口开河。"

朱彪信誓旦旦："九州爷，朱家族系庞大，在巫江南镇，有我朱家一支，世代安守此处，便是朱慈真身的护陵人！护陵人的事，只有我朱家嫡系才知。撬开护陵人的嘴，就能找到真墓！"

唐九州冷峻的面容终于舒展开来，他上前扶起朱彪："阿彪，规矩就是规矩，不是我有意为难你，关键是，这圈子里都知道，骗我就是死罪啊。"

朱彪道："九州爷，借我九条命，也不敢啊。"

唐九州看着地上的瓷瓶碎片，心想这事儿还没过呢，这小王八蛋真是信口雌黄。

朱彪看他面色和缓，试探着问："九州爷，如果您感兴趣，我去朱慈真墓给您踩踩盘？"

唐九州阴恻恻道："我很感兴趣，可是，你能不能办成这个事儿，我很是怀疑……"

朱彪站了起来："如果我办不成这事，就没人能办成啦，护陵人的族长，是我叔叔！"

"你亲叔叔？"

"对，我亲叔叔！"

"你他妈下得了手？"

"下得，下得，只要有钱，就是亲爹都下得。"

唐九州作惊愕之状："自你朱家十八代以来，恐怕还没有人如此不孝吧！好。好得很。我就欣赏你的……六亲不认。"唐九州说罢，一招手，下属递来一个支票本，为他点了一根雪茄："搞定朱慈的真墓，之前的事情，我可以不计较，我现在预付你一百万，事成给你九百万，这个价格公道得很……"

他吐了一口烟，一字字道："三天后，要是再敢拿假货来，我再加一千万，"他顿了一顿，恶狠狠地看着朱彪，"是冥币！"

朱彪拿了一百万支票，正要退出去。

唐九州道："我还有要求。第一，你只管找到地址，然后告诉我；第二，不能碰古墓里的任何东西，如果我发现里面有东西被破坏，或者不见了……”

“是是是……”朱彪战战兢兢地退了出去。

他心中暗暗盘算：“若是开了朱慈真墓，里边宝藏必然琳琅满目，就这个价钱，还想打包购买？这唐九州够天真的，那甲胄形态必大，不管是地下黑市交易，还是贩卖出国，都太打眼，难度太大，既然你喜欢，那这甲胄归你就好了，至于墓里的其他东西，还有那传说的洪武银库，都他妈是我朱家的。”

“王子江山带不去，独留洪武银如山……”唐九州默念了两遍这句诗，这个传说他是听过的，这也是他对朱慈秘宝如此感兴趣的原因，朱彪竟然天真地以为唐九州不知道朱慈真墓背后的宝库。

自古宝物动人心，大鳄唐九州自然势在必得！

唐九州转头看着他的主管和秘书：“这瓷瓶，是谁过的手？”

三人直打哆嗦，男主管和男保镖一起看着女秘书。

唐九州道：“手伸出来。”女秘书是九州影视公司千挑万选出来专门给唐九州做秘书的，外形不输当红明星。她身材性感，面容姣好，尤其是那双玉手，优美得很。

她怯怯地伸出手，唐九州抓起半边砸碎的瓷瓶。

“丢人！”

“咯——”骨头断裂的声音，一声凄厉的女声尖叫。

所有人都退了出去，屋子迅速被打扫得干干净净，似乎刚才的血腥场面都没有发生过。唐九州又恢复了人生赢家、慈善大咖的风范。

唐九州独自一人站在他的博古架前面，这个博古架上摆满了他的藏品。他伸手到博古架的中宫格里，他摸到了墙，他的指纹在墙面上显现——一个智能的防盗柜打开。

唐九州喃喃道：“你我有缘，辗转这么多时空，你还是落到了我的怀抱。”他就像是在对着某位女性表白。他的面前，这个精密的防盗柜里，放着一个珍贵的藏品。唐九州第一眼见到它，是在国外的一个地下拍卖市里。他立刻为这件藏品所倾倒，不惜重金买了下来，将这件本该属于全中国人，甚至全人类的精美文物，收入私囊。

他今天兴奋极了，就在刚才，朱彪给了他一个重磅消息，原来他眼前的藏品，并不是孤品，它还有一个伴儿。他用手抚摸着眼前的藏品，那青铜的质感，还有面具上的一道金龙纹，真是令他心醉神迷。

这正是多年前走私流出海外的青铜面具。这个面具原来已经辗转到了唐九州手中。

唐九州深信这就是朱慈之物！

“只要是我想要的东西，谁都不能阻止！”他暗下决心，不惜代价，要获得整套朱慈秘宝，“金龙青甲在云天……只要找齐了朱慈的整套金龙青甲，就一定能找到洪武银库！”

“丁零零——”唐九州手边的视频电话响了。他慌乱地挡住青铜面具，然后接了起来。一个金发碧眼的外国男子出现在画面里，“唐，你最近有些什么收获？”

唐九州的神情突然从帝王变成了奴才，笑容谦卑得很：

“尊敬的史密斯先生，你好。”

“最近听说你弄到很多好的宝贝……”

“史密斯先生，托您的洪福。”唐九州越发谦卑。

视频里的男子明显不悦：“可是你给我送来的，却都是些不入流的东西！”此刻唐九州就像是刚才的朱彪。视频那头的男子提高了声量：“你以为我不知道，你总是五五分账，好东西自己留一半，剩下一半以高价卖给我。”

唐九州汗水直淌，面色尴尬，不知该如何回答这个问题。他的秘密被他的老板看透，这种被人抓包的尴尬，唐九州已经很久没有尝到过了。

“你可别忘了，你他妈有今天的财富，都是我们家族支持你，二十年前你连个人样都没有！”

唐九州唯唯诺诺：“是，老板，我不会忘记，我永生永世不会忘记！”

“你们中国人，不是最讲究什么报恩吗？这些年，你也走私送过来不少好货色，我和我的朋友，都很欣赏你。他们的私人博物馆都很喜欢你送来的文物。”

“谢谢老板，谢谢。”

视频那头的史密斯点了一根烟，他长长地吐出一口烟圈：“China（中国）和china（瓷器）是同音词啊，景德瓷、青花瓷、唐彩瓷……多美好的事物，这些东西，都该收入我们的橱窗。唐，好好干，我会把你引入上流社会。”

唐九州道：“谢谢老板！”

“十天之内，必须给我搞到一件至宝，我需要它出现在我的生日宴会上。我会再次打给你，如果让我知道你再截留本该属于‘我的东西’，哼哼，下场你知道。”史密斯收了线。

这个金发碧眼的史密斯，正是唐九州在海外的上家，九州集团这二十年突然崛起，全靠史密斯家族的支持。这史密斯家族支持唐九州，只图一事，就是通过唐九州建立一个走私中国文物的渠道。这些年，唐九州在境内网罗马仔，不断挖掘文物、走私盗卖，通过各种方式，流入史密斯手中。

这些年唐九州走私给史密斯的中国文物，品级都非常高。现在史密斯索要至宝，他自然不能再送凡品。

唐九州收了线，骂道："这是‘我的东西’，强盗！王八蛋！”他主仆二人俱是一样的强盗逻辑，中国的文物属于国家，属于全体中国人，不是唐九州之物，更不是他史密斯之物。

“嘎——”门突然开了。唐九州猝不及防，慌乱地把面具放回去，关上防盗柜。他心中暗骂："好大的狗胆！”居然敢不敲门、不通报就闯入他的房间，门外的保镖干什么吃的。唐九州迎了出去，在外间差点和来人撞个满怀。

“爸，是我！”来者年轻俊秀，穿着一身湛蓝的小西服，是个不折不扣的小鲜肉、美男子。

唐九州立刻收敛了怒气，面容极其慈祥："又胡闹！”怪不得门外的保镖不敢拦他，来者正是唐九州的独生子。

“怎么了，你不是去给同学过生日了吗？”

“爸，我今天要给你正式宣布个事儿……”

唐九州笑了："小子，别是坏事吧。"

小鲜肉一伸手，从门外唤进一清秀女子："快来见见我爸。——爸，这是我的……女朋友。"他突然反应过来，这女子尚未答应做他女朋友。

那女子张大了嘴巴："啊——这是你爸爸？"

小鲜肉得意极了，仿佛一个准备了很长时间的恶作剧，终于奏效。他确实瞒了这女子很长时间，此刻终于揭晓："对呀，亲，你要原谅我，我爸爸不准我在学校表明身份，所以，我一直给你说，九州集团里我有一个亲戚……"

唐九州很绅士地伸出手："欢迎这位年轻的女士，我叫唐九州。"

那女子呆立当场，简直不敢相信，这个追求了她六年之久的小男生，竟然就是九州集团的公子爷。

"伯父，您好……"她发现自己说话有些打战。

那鲜肉道："爸爸，忘了给您介绍了，她叫萧思洁。"

八章　风云际会

赌，就如同毒，中毒者很难自拔。

朱彪刚从唐九州手上逃生，就又犯了手瘾，三天时间，还早着嘛，他对撬出朱慈真墓，胸有成竹。他一头钻进赌场，及时行乐。

他拿出青龙镇纸，摆在左边，白虎状烟灰缸放在右手，手上一个硕大的貔貅戒指，摆了一个风水局。

唐九州给他的一百万支票立刻就被兑掉，一半用于偿还之前的赌债。一半用于今日作为赌资。牌至中夜，他把把不顺，眼见兜里筹码不多，于是孤注一掷。他叼着烟，双眼紧盯着自己面前的扑克牌，思索半天，喊一声：“梭哈！”他把面前的筹码全押了出去。

赌徒的命运大抵相同，但凡孤注一掷，往往血本无归，但凡借钱翻本，往往越陷越深。

赌场的荷官使了一个眼色，旁边的赌客一翻牌：“同花顺！”朱彪翻着白眼，狠狠地将烟头扔在了地上。

荷官优雅地卷走了朱彪所有的筹码，这下朱彪又被打回原形。新的一局又要开了，朱彪叫牌。荷官优雅地摇摇头，然后伸手，意思是要朱彪先下注。朱彪叹口气，无奈地打开面前装筹码的抽屉，抽屉中空空如也。

朱彪转头向身后的高利贷金主借钱："老六，我再借点，今夜牛斗星变，紫薇星高照，我今夜就要转运，今天晚上立刻翻本！"

金主老六摇头道："借是可以啊，先把欠的钱还了！"

"我今天不还了钱嘛！"

"朱老板，你今天还的是去年的五十万！这个月还有一十八万六千七！"

朱彪赔笑道："还！我朱某人绝不赖账，你看我今天不是一口气还了大账嘛，这人啊，一命二运三风水，我正要转运之时，兄弟扶我一把，我以后不会忘记你的。"

金主老六一招手，旁边站上来两名大汉。"哼哼，朱彪，就你这点心思，以为老子不知道，今天不还清，你别想从这里走出去。"

"哎呀！不就区区十八万，老子三天后马上有钱，立刻还你！"

金主老六不信："三天？三天又三天？你自己说说，我给了你多少个三天了？"

朱彪一字字道："老六，你看好了，三天后你别眼红老子荣华富贵！"他长年踩盘盗墓，身手不弱，起身撞开了两个大汉，挤出屋子。

此时天已经微微泛亮。朱彪回到自己家里，打开冰箱，拿出一瓶啤酒，坐在沙发上喝了起来。他瘫倒在沙发上，正好看到墙上挂着的日历。他揉了揉眼睛，慢慢坐起来，来到日历旁，只见日历上一个日期被画了一个圈儿——正好是今日。

朱彪自言自语道："真是天助我也！"这日正是他的族叔大寿之日，他必须赶到巫溪南，他正愁没有个不打眼的由头接近护陵人一家，赴宴真是绝佳良机。

就在朱彪准备开赴巫溪南朱家的时候，杨忘危和沈沛也动身了。从省城前往巫溪南，先得过仁安，从仁安沿江而下，约莫一个小时，抵达巫溪南。

沿江风光优美，旭日当空。山路上，沈沛驾车行驶，杨忘危坐在副驾位上，二人不知是睡意未清，还是没从萧思洁名花有主的事儿里缓过来，一路上也不多作交谈。沈沛调开收音机，里面放着周华健的歌《有没有一首歌会让你想起我》，好听的音乐总是让人放松，气氛也缓和了些。

沈沛打破了沉静："危哥，这个曲满江，真是你要找的人吗？"

杨忘危面无表情，脑中浮现父亲中枪牺牲的情形，那个雨夜，改变了许多人的一生，也留下了许多未解的疑问。父亲当晚为什么要外出？父亲为什么对朱慈秘宝如此感兴趣？那个提供假线报的人哪里去了？最最关键的是，父亲追捕的人，到底是谁？

沈沛道："按照马三摆的口供，曲满江在盗墓圈里是个老资格了，年龄跟你要找的人大致符合，再根据从这个人的行事轨迹和作案风格来看，我觉得，他很可能就是当年从伯父手上跑掉的那人！”

杨忘危头痛犯了，正难受：“好好开车，注意安全，前面弯急，别光顾着说话！”

沈沛没听出杨忘危的意思，嘴上不停地说道：“真的是他就太好了，等抓到他给伯父报仇，前几次的疑冢案，也就告破了……”

杨忘危打断道：“前面的疑冢案，不一定是曲满江做的。”

“这话如何说起？”

“你推理一下，我们是昨天抓捕的马三摆，马三摆昨天告知曲满江朱慈真墓的，对不对？”

“对。”

“前面的几起疑冢被盗，现在无法确定疑冢的主人是谁，对吗？”

“对。”

“那么，我们假设一下，如果疑冢的主人就是朱慈，那么说明在我们抓捕马三摆之前，就已经有人在找朱慈的真墓。而这人是不是曲满江，现在难说。照马三摆的说法，曲满江是在昨天去‘寒夜斋’出手货物时，才听马三摆放出朱慈墓的消息……如果曲满江在昨天之前，根本不知朱慈墓葬，那疑冢案的嫌疑人，自然不是他。当然，还有另一种可能。那些疑冢的主人，并不是朱慈，那么曲满江仍然有可能作案，而他向马三摆出手的货物，也可能是从前几日被掘疑冢之中来的。”

“你的分析有道理，可是我们如何才能确定疑冢的主人？”

杨忘危道："这个就交给省里边派来的专家了，很快就能有结论。我对你做这番推理的用意，是想说……"

"咳，是想说'推理就是大胆假设，谨慎求证'，对不对吗？"

杨忘危给了他一个爆栗："贫嘴得很！我要说的是，可能不止一伙人盯着朱慈墓，小心点！别先入为主，漏了侦查对象！"

沈沛悠然道："哎呀，这个我懂，我懂。"

杨忘危呆呆地看着远处的天空，蓝得沁人，他忽然脑门一跳："当年传递假消息的线人魏立伟，你知道吗？"

沈沛道："我看过案件的卷宗。"

杨忘危道："我们来大胆猜测一下，这个魏立伟人间蒸发了，这是为什么？"

沈沛道："听郑局长说，当年杨伯父对魏立伟有恩，魏立伟会不会因为误传信息造成严重后果，内疚而走？"

杨忘危道："我看过魏立伟的资料，此人为人忠厚，孤家寡人一个，对朋友看得极重……我父亲因他的假情报而死，他最应当站出来，配合郑局长，找到是谁放出来的假情报才对。"

"你是说……"

杨忘危道："他不是内疚而走，那么就是不得不走，或者遭了不测。"

"从这些年失踪人口与无名尸骨的线索来看，并没有发现和魏立伟匹配的例子啊。"沈沛道。

“到底是什么原因造成了他的人间蒸发？”

杨涛是收到魏立伟的线报才出去的，这个魏立伟，是整个案件的突破口，郑兆易、张小科等人这些年一直围绕着魏立伟的线索在不停开展工作。

杨忘危自言自语道：“当务之急，是抓获曲三！他很有可能就是当年的凶手。”

沈沛道：“就算跑到天涯海角，也要抓到他。”

曲满江没有跑到天涯海角，他接到马三摆信息之后，仔细研判，他精于此道，知道朱慈秘宝的价值，要是能摆平这个墓，他都可以提前退休了。但是这种太打眼的墓，并不好搞，不光风声紧，就算是成功掘出了宝物，出货也存在极大问题，不过幸好马三摆是个现成的出货渠道，此刻的曲满江，尚不知道马三摆被捕。

朱慈贵为王侯，他的墓葬机关可不比一般大户人家，光曲满江一个人单独行动，风险太大，他需要帮手，他也有几个亲信，这些人各有分工，平时散开，有买卖的时候再聚集，每人在通信、住址上，都表现出很强的反侦查能力。

当晚，曲满江就找到了他的旧部。这些人由于多次盗掘古墓葬，作案累累，干得都是缺德的买卖，因此都不用自己的真名，为便于曲满江管理，每人都取了外号。他最信得过的是牛二和牛大，他收到马三摆的情报后，第一时间召集二人到仁安西简木区的一个招待所里见面。曲满江到得迟了些，牛二、牛大和几个女郎正在房内聚众吸毒、淫乱。牛二穿上裤子：“三爷，卫生间里给你留了一个，刚麻倒的学生妹。”

曲满江一时火起，甩了他一个耳光：“摸金的活计，是祖师爷赏的手艺，干活之前绝对不近女色！”曲满江三令五申，制定好纪律，分别让二人去采购些装备，晚上草草地睡了一觉。

作为今日第三拨开赴巫江南镇的人马，曲满江也是一大早，就带着他的小弟出发了，如果他走进村的大路，他极可能与杨忘危、沈沛二人撞个正着。命运就是如此玄妙有趣，他早杨忘危、沈沛一步抵达了巫江南镇，登上村后面的山峰，他要远远地判断一下，马三摆给出的信息是否可靠。

江湖要混好，谨慎少不了。

风水罗盘仪的磁针在曲满江手上转了几圈，曲满江看了看山脚下的河山，不甚满意，擦了擦汗，摇了摇头。

牛二亦步亦趋地跟在曲满江身后。牛大不知道是昨天晚上嗑药嗑过了头，还是被女色掏空了身体，一脸疲倦地站在旁边，不停打哈欠。

曲满江道：“怪了！根据我多年的经验，此地虽然山明水秀，但这山龙水龙并无交汇，你看，白虎过堂，流水直去！没有合局，看不出有什么大墓啊。”

牛二道：“三爷，您这一套不灵了啊？我早说了，挖个坟，搞这些虚的有啥用，直接弄包炸药……”

曲满江喝道：“什么挖坟！这叫专、业、倒、斗，祖师爷赏的活计，跟你说过好多回了，我们干的是技术工种，技术！你他妈一点长进都没有……”

牛大在一旁幸灾乐祸，笑道：“就是，你懂个屁！三爷哪回失过手了？这叫专业，这叫技术，不懂就滚！”

曲满江继续拿着罗盘仪一边走，一边操作了起来，走了一大圈，懊恼地叹了一口气，摇了摇头，然后收起罗盘仪。

“三爷，会不会那个姓马的骗我们，根本就没有什么朱慈墓？”牛大道。

曲满江冷冷道：“他敢！除非他想死……”

三人站在崖口，看着山脚下宁静安详的巫江南镇全貌。

曲满江道：“走，先进城再说！去看看马三摆给的坐标。”

村子安详平静，绵绵的水稻田发出金灿灿的光。警探搭档杨忘危和沈沛、曲满江盗墓团队、贪婪赌徒朱彪三路人，齐聚这个小村。这未见光的朱慈秘宝，到底和当年的悬案，有何联系？

杨忘危抵达的时候，看了一眼巫江南的天空，天空之上，风云骤变。

九章　阴宅

马三摆的坐标很清晰，一个经度，一个纬度，能确定图上的任何一个具体、精确的点。这个坐标经过甘柠修正，应当是万物一失，不仅曲满江，杨忘危也深信不疑——朱慈墓，就在此处！

可是，现在他们已经来到这个坐标处，这本该是朱慈墓址的地方，极其古怪，让人大跌眼镜！

“危哥？马三摆是不是要咱们啊……这、这不像是墓啊。”沈沛看着自己的智能手表，手表上的经度、纬度，已经和甘柠最后修正过的坐标匹配了。

他们抬起头来，在他们眼前的是一座檐角飞翘、白墙灰瓦、韵味悠长的百年民居，一块棕红色的门匾上写着“朱宅”。

府邸门前两个石狮子，灵气非凡。“这石狮……位置有些古怪……恐怕有些年月了。”杨忘危道。

“这哪儿是墓啊！”沈沛道。

“马三摆当然是供了一个假的坐标，但是，我妈已经修正过，这个绝对错不了。”杨忘危说道。

马三摆给曲满江，也就是曲三的，是真坐标，他不料后来被捕，本意声东击西，给杨忘危一个假的坐标，为曲满江盗墓争取时间，不料杨忘危之母甘柠将坐标修正。

“这宅子感觉很古怪……”

蓦地，门内传来有人交谈的声音。

“快走，别杵着引人注意。”杨忘危一挥手，和沈沛躲了起来。“找地方搞个阵地，盯起来，这地方有古怪。”杨忘危吩咐沈沛。

他二人前脚刚走，曲满江三人后脚就到。

“三爷，这哪里是墓啊？这他妈住的是活人啊！”牛二道。

“小声些！想被当场打死吗？”曲满江道。

牛大道：“这姓马的坐标……应该有些名堂……”

这两个小弟，牛二忠心耿耿，听从指挥，干活是一把好手，可是脑子不大好使。牛大机灵些，可是心眼太多。

蓦地一阵鞭炮声响，只听人声鼎沸起来，正宗川剧的调子响了起来。宅子里道贺之声此起彼伏。

“马三摆会不会是耍我们？”牛大又仔细对了对马三摆的坐标。没错啊，这坐标就是这座宅子啊。

曲满江道：“他不敢。”

“那他会不会是弄错了，摸金定穴的事情，也有走眼的时候。”

曲满江道：“走，先到附近踩踩地皮，摸清楚情况再说。马家开宗立派多年，精通风水定穴，应该不会犯这种低级错误。”

杨忘危和沈沛刚走过街角。杨忘危心下琢磨，这宅子什么地方感觉不对，可一时间又说不出是什么。

“老乡，这宅子里好热闹，知道是什么事儿吗？”杨忘危顺手拦下一个过客。

那人道：“一看你就是外地人吧！哪儿来的？”

“我仁安的。”

“仁安？不可能吧。”

“怎么的？”

“仁安的人怎么没听过‘朱家百年’？”

杨忘危一时语塞，他自小丧父后，随母亲前往锦城生活，对仁安的民间掌故知之甚少。他随口道：“我从小就出去念书，这刚回来。”

“小伙子，‘朱家’是我们这片首屈一指的大户，从明代开始就建了这个宅子，朱家世代处事公道，是巫江南的仁义楷模，德高望重，今天可是朱家的大事儿，朱家传人朱百年老太爷七十大寿！”

沈沛问道：“这宅子是从明代开始建的？”

“是啊，好几百年了。”

那人又道：“赶紧的吧，要贺寿快去，还能讨杯酒水喝！我先去啦！”那人说完，匆匆就走了。

杨忘危和沈沛就近找了个小楼茶坊的高处，俯瞰那朱家大宅。朱家此刻正在举办寿宴，人山人海，院里院外，热闹非凡，二人无从下手，先外围观察、走访再说。

只见那朱家宅子古朴得很，乌黑鳞瓦次第展开，屋脊檐角的样式颇为简洁大气，从风格样式推断，既属川派建筑，又有苏式元素。

“这宅子和朱慈有没有联系？”沈沛纳闷道。

杨忘危自幼受母亲甘柠调教，识得建筑风水，自明一代，上承宋代营造法式的传统，下启清代官修的工程做法，以规模宏大、气象雄伟为主要特点。明初的建筑风格，与宋代、元代相近，古朴雄浑，明代中期的建筑风格严谨，而晚明的建筑风格趋向烦琐。

“这该是明初的建筑才是。”杨忘危道。

“这么说，这宅子和朱慈真有些联系？”沈沛喜道。

杨忘危喝了口茶水：“朱元璋建立大明，分封诸子，据史料记载，他的第十一子朱椿，洪武十一年封，二十三年就藩成都府，其弟慈随椿入蜀。年代倒是符合……可是……”

杨忘危沉吟半晌：“我总觉得哪里不对。”

“哪里不对？”

“平时不读书，就知道玩手机。”杨忘危数落沈沛。

沈沛嘿嘿笑：“我读的是新时代的书，你读的是老掉牙！”

“建筑风水之说，可不是老掉牙，虽然它的科学基础有待考证，可是作为文化部分，却有它自己的辨识性。如果这是明代的宅子，我可以肯定地告诉你——这宅子有鬼！”

“有鬼？”

“对，这房子风水不对。”杨忘危一字字道。

沈沛不解，待他详说，只听杨忘危侃侃道："风水是中国古代特有的一种术数，其作用是对人的居住环境进行选择和处理，追求生理上和心理上都能得到满足的外部条件。风水涉及住宅、墓葬、寺观、村落、城镇各个方面，其中有关墓葬的部分称为'阴宅'，其他方面则统称'阳宅'。这是在古代农业社会中人们渴望把自身和谐统一于自然界而采取的一种自我完善手段，含有朴素的科学成分，也可称之为古典的建筑环境工程学。"

杨忘危顿了一顿，接着道："明代是中国风水的鼎盛时期。一时间民间风水实践和风水理论都有很大发展，各种风水书籍纷纷问世，其中有刘基的《堪舆漫兴》，蒋平阶的《水龙经》、《阳宅指南》，高濂的《相宅要说》，张道宗的《地理全书》，周景一的《山详指迷》，目讲僧师的《地理直指原真》等。明代的风水，讲究'背山面水、山龙昂秀、水龙环抱、明堂宽大、水口收藏'。"

沈沛听得入神，目中颇有崇拜之色，他师兄杨忘危博学天人，在警界是传奇人物，"如此看来，建筑风水真是大学问！"

杨忘危看着沈沛道："你现在知道问题出在哪里了？"

沈沛沉吟半晌："这宅子既然是数百年前的明代大宅，朱家又是地位显赫，自然是对风水十分讲究。"

杨忘危一字字道："可是这宅子，全然与阳宅风水布局相反！"

"相反？"

“对，它的格局，是不折不扣的‘阴宅’！这种风水摆位，会有人住在里边？”

“那你是说，这宅子里住的是……”

杨忘危面色泛白，叹气道：“对，阳宅里住的是活人，阴宅里住的，自然是死人！”

此时天色昏昏，茶楼里采光晦暗，一阵冷风袭来，煤油色吊灯晃动，风吹过沈沛的头颈，他只觉毛骨悚然。

十章　甘家第一

喜诞之日，兵刀不祥。

这句通俗民间风水行话说的是，但凡大寿大喜之日，都不应当舞刀弄枪。

可是偏偏有人反其道行之。

朱家族长朱百年此刻正在舞动一柄关公大刀，这柄大刀可不是戏台上的花枪子，这刀沉重非凡，只听朱百年大喝一声，提刀在手，将一套刀法施展开来，端的是虎虎生风。

“好！”

“老爷子好功夫！”众宾客亲友大声喝起彩来。

只见朱百年横刀断风，立斩破岳，身手敏捷，哪里像是个七十老人。今天是他的七十大寿，借着戏班搭台的雅兴，他亲自上台表演了一套刀法。这套刀法他几十年不曾落下，天天借此强身健体，他此刻童颜鹤发，真教人怀疑他的刀法之中，有返老还童、青春永驻的秘诀。

朱百年耍完一套大刀，向台下众宾客一一行礼，台下诸人掌声雷动，只有几名宿老摇头叹气，交头接耳间评论朱百年于大寿之日舞动兵刃，实在不祥。

朱百年仿佛听到了这些议论，他眉毛一抬，声若洪钟：“今日是我朱老儿七十之年，舒展一下筋骨，老乡亲的好意我也领了，不过我朱百年活到这个岁数，实在是百无禁忌。”

他走下台来，一一向来宾敬酒，他酒量深厚，简直不像七十老人。

酒席到了中途，朱百年退到偏厅。他酒劲有些上头，一个踉跄，差点没有站稳。蓦地一只有力的胳膊扶住了他。

“是你？”

“叔父！”赌徒朱彪凑了上来。

“阿彪，几年不见，你最近没有赌钱了吧？”朱百年问道。朱彪见他面色红润，显是喝了不少酒。

朱彪一脸堆笑：“叔父，今日您的大寿，我来迟了些，对不住对不住。祝您生辰快乐！”他拉过一张太师椅，将朱百年扶着坐下，然后恭恭敬敬地捧上一个红包，那红包鼓鼓，显然很有分量。

朱百年微微点头，道：“年轻人，忙些好，忙些好。”这朱彪本系朱百年亲侄辈，多年不务正业，又不成家，一晃快四十岁了，朱家上下都为他着急，不过他自己却丝毫不以为意，只管赌钱喝酒，啃着父母留下的微薄钱财和朱百年长年的接济，自诩过着诗和远方的日子。朱百年此刻见他，精神面容不错，头发指甲都修理干净。一个人要是独居久了，脑袋就会固化，气质也会邋遢，看来这朱彪是找到正经行当了。

朱百年内心喜悦，笑道：“你这傻孩子，挣点钱不容易，这红包你拿回去，心意我领了。”

“叔父，你这就是看不起侄儿了！”朱彪正色道，“叔父关照我多年，我无以为报，这钱是光明正大来的，如何笑纳不得？”他撒起谎来，真是面不红心不跳，他盗墓、掘宝、替人顶包、赌钱，哪一分钱都不是光明正大来的。

朱百年一掂量那红包，笑着问道：“好好，朱家子辈个个都要有些出息！阿彪，你现在在干什么行当啊？”

“我在做娱乐行业，九州影业听说过没？”朱彪双眼放光。

“哟，我们家的小彪子现在还在搞影视，这以后我只能在电视上看到你了。那个九州影业是什么，我倒没有听过……”

朱彪摸出手机，在浏览器上检索唐九州：“叔父您看！”

映入朱百年眼帘的，是数不清的关于唐九州的信息，唐九州今日捐赠某某某，明日捐赠某某某。

“哦……唐大善人。”

“叔父您听过？”

“我在新闻上听过他，没留意真名。”

“正是他，我的老板唐九州。”朱彪道。

朱百年眼帘微合，缓缓道：“积善行事固然是好，可世间沽名钓誉之辈，却也不少。我看此人面相，并不真善。”

朱彪听出他话中有话，笑道：“九州爷这样的人，只怕不用沽名钓誉了吧。”

朱百年不冷不热道：“九州爷？他也配称爷。阿彪，你把我朱家父辈放什么地方了？”

朱彪一愣，尴尬笑道：“叔父，我也是在人家手下混口饭吃，再说，唐九州董事长对下属向来不错。”

朱百年指着朱彪脸上的伤：“哦？对下属不错？”那是朱彪献假宝被打的伤。

朱彪心中暗骂：“这死老头好尖的眼力。”

朱百年长叹道：“阿彪，我们也不求朱家子侄都出人头地，但愿行事磊落就好。”

“叔父教训的是。”

“你无事不登三宝殿，今日却出手重礼，想来有事……”

真是什么都瞒不过朱百年的眼睛。朱百年以七十之年，阅人无数，精研中国古代数术，尤其擅长面相、星相、阴阳学问，可谓学究天人。

朱彪于是开门见山、张口瞎编：“叔父，我们集团准备拍摄一个古代秘宝题材的电影，您看最近荧幕上这类题材很火。”

“哦？这和我们朱家有什么关系？”

“叔父，谁不知道啊，这仁安朱家数百年，对各类掌故、文玩、典籍、风水、易学，无不精通，实乃天下第一啊！”

朱百年对这马屁却不受用，他面色尴尬：“侄子，这话在外不要乱讲。”

“难道不是吗？光就叔父精通的奇门遁甲、易经演算哪里还有第二个！”

“胡说八道。”朱百年脸色变得很难看，“奇门遁甲我还只是窥见门径，更别说国学之首——《易经》了！”

朱彪一时不知该如何接话。

“这数术之学，学界能将我排在第二，我已经是欣慰啰！‘数术之学，甘朱马杨；仁安四家，各有擅长’。就拿‘寒夜斋’马家来说，祖上马百坡老师傅，精通风水定穴，推算墓址号称从不走眼。只不过，听说他的后人马三摆，却尽干倒卖文物的勾当，真是有辱门风！杨家后人早已经淡出数术圈子，不再行风水之事。但不论数百年争论，三家都心悦诚服甘家第一！”

“叔父，这些掌故，我从未听过，真是令我大开‘耳’界！由您来为我们指导这个题材剧本的创作，绝对专业！”

朱百年终于展开眉目：“有什么能给你做做指导的，尽管来问，我算尽天机，本该膝下无子，直到五十岁之后，才生下你弟弟朱正，可惜你弟弟脑瓜却不灵活，我只盼你飞黄腾达之后关照你弟弟才好。”

“叔父言重了！我想向您打听个事儿，叔父不会拒绝吧。”

“我是你叔父，有什么好拒绝的！你要咨询什么？”

朱彪看了一眼周围，凑了过去，小声说出四个字：“朱慈之墓。”

朱百年神色骤变，随即收起脸色，笑道：“这子虚乌有的事，我也不清楚。”

朱彪不依不饶：“叔父，这恐怕不是子虚乌有，六十年前朱慈的青铜面具就曾面世。”

朱百年极力否认：“那青铜面具不过坊间传说，有谁见过？”

朱彪索性挑明：“叔父！民间相传，仁安朱家正是朱慈的护陵人！”

“荒唐！”朱百年一拍椅子，站了起来。

朱彪劝道：“叔父，今时不同往日，朱家没落已久，现在唐总对我们朱家有意，正是挣钱的好机会，你只需要告知墓址，剩下的事儿，就交给侄儿。朱慈贵为王弟，为蜀王之下头号人物，其墓葬必然富可敌国。叔父就等着荣华富贵，叔父不要错过，识时务者为俊杰。”

朱百年哼了一声：“阿彪，你找错人了！”他一挥手，将红包推了过去。

朱彪有些尴尬：“叔父，你考虑考虑，弟弟朱正以后用钱的地方多得很！难不成让他也一辈子跟你一样守着这不阴不阳的宅子？”

“放肆！”朱百年情绪激动，咳嗽起来，“我一刀劈死你！”

“怎么了？你血压高，可不要情绪激动。”厅外有人喊，帘布拉开，朱百年的老伴儿罗老太走了进来。

罗老太关切地问：“老头，你这是干什么啊？”

朱百年一挥衣袖，道：“阿彪，我还有诸多宾客要款待，就不招呼你了，送客——”

十一章　旋转餐厅

“不识抬举！”朱彪一边生着闷气，一边穿过后院的小径。他抬头看了看院子里的假山，布置正是风水倒位，每一处都有悖阳宅八卦之理。

他信步游走，只见宅内各种摆设极其古怪，他常年盗墓，对八卦风水之学也有所了解，只是这宅子风水倒位，本当位居正北方的坎卦位，却布置在正南方墙上。他走走停停，本意搜索下朱慈真墓的线索，不料自己竟然在宅子里迷了路！这就像是《射雕英雄传》里桃花岛的奇门大阵，所有闯入的人，都会迷路。

“邪门！”天色阴沉，这宅子透着阵阵阴气，朱彪不禁打了一个寒战。

朱百年那里是问不出东西了，他现在把算盘打到了他儿子朱正身上。他本来念着朱家一脉，无意用强，好言相劝，不料朱百年根本不吃这一套。要是朱正那里还问不出东西，那该如何是好？

他想得入神，走入一个风雨亭。

“真是古怪！风雨亭怎么布置在这里！”他举目四顾，

身周绿意森森，远处朱正的屋子正亮着昏黄的灯，一个人影正在读书。这场景像是《聊斋志异》一般。他心中正有些戚戚。蓦地有人背后一声喊：“哇——”

朱彪吓得魂飞天外。他转头一看，只见一名少年正望着他嘿嘿直笑。

“朱正，你吓死我了！”

来者正是朱正。朱正十六年来都生活在老宅里，最远不过是跟着母亲到仁安集市上走动，从来未和陌生人打过交道，不谙世事，性格格外天真，外界传说他脑子有些傻。

朱彪看着朱正痴痴的样子，心想：“这朱百年够惨的，也不知道为了什么，守在这个不阴不阳的宅子里，子嗣都跟着倒霉。”

“阿正，我向你打听一个事儿。”

“阿彪哥哥，你说。”

“这宅子里，有什么地图之类的东西没有？”

朱正用手托着脑袋：“地图？什么是地图？”

朱彪一愣，这小子是真傻，还是装傻？

“那有没有很古老的东西？”朱彪问。

“古老……”朱正歪着脑袋，想了半天，“啊！有了！”

朱彪大喜：“是什么？在哪里？”

只听朱正大声念道：“处世无私仇，治家无私法。勿损人而利己，勿妒贤而嫉能。勿称忿而报横逆，勿非礼而害物命。见不义之财勿取，遇合理之事则从。诗书不可不读，礼义不可不知。”

他念的是南宋朱熹所传《朱子家训》，紫阳乃是朱熹的别号。朱正虽脑子有些迟钝呆萌，却从小对这些典籍倒背如流，他言者无心，听者有意，朱彪句句都听得扎心。

“小笨蛋你背些什么乱七八糟的东西。”朱彪举手要打，忽然一个女声咿咿呀呀，高声喊叫。

朱彪回头一看，只见一个女子站立在门庭处，向朱正招手。她二十五六岁年纪，身形苗条，系着围裙，上面油污未干，似是刚从厨房忙活完出来。她面上雀斑颇多，容貌普通，眉目之间倒也颇有风姿。

朱彪认得她，此女名叫徐莲，是朱家的小保姆，是个哑巴。

徐莲老家是中州农村的，来朱家干活时日已久。她虽是保姆，却与朱正的关系非同一般。她陪伴朱正玩耍、读书，二人几乎形影不离，有传言朱百年是故意给他的傻儿子找了这么一个哑巴姑娘培养感情，就怕他以后讨不着媳妇。徐莲看朱彪欺负朱正，脸色不悦，虎着脸走了过去，不停比画手语。朱彪不解，看向朱正，朱正“翻译”道：“礼义不可不知——朱家的家训，彪哥难道没听过，怎么到了彪哥口中，就成了‘乱七八糟的东西’？”

朱彪歪着脑袋：“这是她说的？”

朱正点头如捣蒜：“是的。”

“我教我弟弟读书，关你个哑巴什么事儿？”朱彪蛮横道。

徐莲一把拉起朱正就走。

朱正正色道："我爸爸说了，要做个好人，就要学会这本《朱子家训》。我不和你说了，我要去前厅看戏！前厅演的是《蜀王六定封都》，这戏里的人啊，有时候是假的，有时候却是真的！"

徐莲拉着朱正连跑带跳就出去了。只听朱正欢快地拉着徐莲的手，口中道："莲姐，你今天给我做了什么糕点？"

徐莲比画手语，大意是："今天我还未监督你书念到第几页了，你倒多要求，不听我的话了，是不是？"她最后屈起手指，向朱正额头轻轻一弹。

朱正痴痴笑道："我要我要，我就要糕点……我哪里敢不听话。"

徐莲继续比画手语："你只要听我一人的话就好。""我听话，那你要如何奖我？"徐莲用力亲了亲朱正额头。朱正顿时心花怒放，一把搂住徐莲，将她举了起来。

朱彪呆立当场，口中喃喃道："蜀王六定……封都？"他心中惴惴不安，食古不化的朱百年，还有个不知真傻假傻的朱正，这朱慈真墓究竟在何处？

时间不多了，要是再找不出真墓，唐九州发起火来，那是要命的啊！

此刻的唐九州才不管他朱彪的命呢。他此刻正在离仁安很远的锦城吃着大餐。吃饭的地点是锦城制高点，高达四百六十八米的西川电视塔上的旋转餐厅。他包下了整个旋转餐厅，让繁华的锦城景观成为他私人之物。他大口地吃着神户的牛肉、智利的帝王蟹，喝着阿拉斯加的冰酒，心中时常在想，洋老板史密斯口中的“上流社会”到底是个什么样？“我是不是已经成了上流人士？或者我根本没有窥见史密斯这种世界顶级财阀的门道，我还需要赚取更多财富，贫穷会限制想象啊。”

唐九州很少如此开心。他开心的理由和许多年老的父亲一样：他的独生子唐少川找到了心仪的女子。

这小子成天和一帮文青厮混在一起，老子还担心他不找媳妇呢！这娱乐圈里，什么古怪都会发生。

坐在唐九州对面的，正是俊秀帅气的唐少川，和他的同学萧思洁。唐九州对这女子的气质、学历、相貌都颇为满意，今次再度邀请赴宴，无非是复试一下她的修养及情商，看看能不能达到唐家儿媳妇的标准。

整个饭局萧思洁很拘谨，她甚至有点后悔答应唐少川来参加他父亲的饭局。赴宴之前，唐少川软磨硬泡：“我父亲要请你吃饭，你给我个面子好不好？”

“你父亲为什么要请我吃饭？”

“可能是要和你谈谈戏吧。”

萧思洁奇怪：“董事长亲自谈戏？”

“哎呀，他对这部戏很看重啊。”

萧思洁拗不过他，只得跟着出席，到了吃饭的地方一看，才知道他父亲只邀请了她一人。

“萧思洁女士，您家里还有什么人？”唐九州很绅士。

“爸，你是查户口啊？”唐少川不满极了。萧思洁的性子他是知道的，要是追太紧，萧思洁肯定反感，眼见他离俘获佳人芳心就差一步了，老爷子可别帮倒忙啊。

“萧思洁女士现在是我九州集团的签约艺人，我理所当然要对她进行了解，不是吗？”唐九州冲唐少川一笑。

“唐总，我家里还有一位母亲，在西川大学任教。”她说的是甘柠。

“书香门第，不错不错。”

整个饭局气氛尴尬，唐九州处处打听，搞得萧思洁非常拘谨。她只得频频利用起身自助取菜的机会，来逃避和唐九州对话。她走到自助餐台，唐少川已经跟了过来。萧思洁讨个饶：“哎呀，这是谈戏，还是面试啊，我的公子爷，饶了我行吧。”

“你别往心里去啊，我爸也是想多一些了解，以便后面的电影项目能顺利些。”

萧思洁笑道：“该不会让我去演豪门恩怨吧。”

唐少川听她调侃自己，笑道：“那算我一个，我本色出演！”

“你演什么？”

“我就演豪门里的败家子，活灵活现啊。”

萧思洁看着阳光帅气的唐少川，思绪万千。唐少川真的是个优质男青年，他上进好学，温文儒雅，绅士风趣，又从来没有太子爷的架势，低调得根本没人知道他的身份。

没有心动如潮，只有平淡相守，唐少川是一个理想的对象，萧思洁几度权衡，想要接受唐少川的求爱，可是，自从昨日见过他的父亲，得悉他是九州掌门人唐九州独子之后，萧思洁反而有一丝犹豫。她也说不出为什么，可能是门第的压力，让她觉得很难融入唐家的豪门环境。

或许，需要久经权衡的，本来就不是真爱。

她了解唐少川，这男子恋爱就是奔着结婚去的，所以她才不得不更加谨慎，更加用心。现在偶然的机缘之下，她见到了唐少川的父亲，原来他家如此显赫，和电视里上演的灰姑娘式的肥皂烂片一样的情节，她莫名地生出一种疏离感。

这种感觉让她肩头一痛。她的肩头，是当年和杨忘危一起被烫伤的印记。

她自己也说不清楚，这种疏离感是不是因为舍不得在西川大学教师宿舍里的时光。在那里，她和杨忘危、甘柠度过多少寒暑。她不曾忘记当年的那个雨夜，改变了她的人生，让她和杨忘危、甘柠成为一家人。杨涛是为了保护她而死，在她的潜意识里，一直对杨家有着内疚感，她曾下定决心，要和甘柠、杨忘危共度一生。可是，对哥哥杨忘危却远没有对柠妈那样简单，她有时候很害怕和杨忘危谈及她的个人情感，至于为什么，她也说不清楚，当局者迷。

或许，愧疚感和补偿，也不是真爱。

他们二人回到餐桌前，唐九州电话响了，他起身借步接听。他神色如常，慈祥得很，还冲二人微笑。只是谁也不知道，他电话里给朱彪说的是：

“最后一天，要么找到墓，要么你给自己选个墓。”

十二章　真假情报

“放下枪！你跑不了！”一名警察持枪与一名匪徒对峙

匪徒以一名小女孩作为人质威胁。

“我不想坐牢！有种你开枪啊！”

“砰——”枪响了。

“啊——”杨忘危从梦中惊醒，他满头大汗。越是接近朱宅，他对当年父亲殉职的回忆就越发强烈，到底是什么原因？这个噩梦给他带来了头痛的毛病，他长舒一口气，不知道自己何时才能解脱。

他坐了起来，醒了醒神。他此刻身处一所小小的招待所里，房间的窗户推开，就能将朱家大宅收入眼里。房间的桌面上摆满了沈沛的电脑、平板，各种摄像头、望远镜……还有魏立伟、曲满江等人的拼图画像。

这叫盯梢阵地，沈沛用最快的速度，找到了这个绝佳的观察房间，架起各种设备，将来来往往出入朱家大宅的人，都扫了一遍，桌面上的电脑里，不停跳出人脸识别的身份来。

只要盯住朱家，一定能找到真相。

杨忘危起身喝了一口水，看了看朱家大宅，白天热闹非凡的朱家大宅已经和仁安一起安静下来，很祥和的感觉。杨忘危刚才就是在这种远离喧嚣的感觉中睡了过去。

远处隐隐约约有建筑工地施工的声音。杨忘危心中嘀咕，这巫江南镇早就成了旅游重镇，政府不许商业开发，必须保持仁安百年古镇的原生风貌。哪个开发商这么大能耐，手眼通天，能在仁安拿地动土？

他看着曲满江的资料和照片，用手蒙住曲满江的半边脸，喃喃道："曲满江到底是不是当年的'盗圣'？"

沈沛打开房门，从外面回来，"饿了吧？"

杨忘危回过神来。

"来，吃点东西。"

"好香。这哪儿买的？"杨忘危问。

"下楼左拐五百米，一个江湖菜夜宵店。"二人开始吃东西。

沈沛问："危哥，推理有什么进展？"

杨忘危道："我们现在的核心问题是，'曲满江到底是不是当年雨夜杀警的凶手'。自从逮捕马三摆后，曲满江落入我们的侦查视线，我无时无刻不在研究曲满江的资料。"

沈沛接话道："当年的雨夜悬案和朱慈墓案就像是两条相互缠绕的水草，根本没有办法分离。"

为了查清当年父亲的案子，杨忘危这些年几乎浸泡在文物掌故里，在母亲甘柠调教下，他已经成为西川文玩界的年轻高手。这些年他多方考证，对明蜀王的考古论证已臻化境。

他可以肯定，历史之上必有朱慈其人。

杨忘危道：“当我看到马三摆店里的那幅古画时，几乎可以确定，青铜金龙纹就是朱慈的图腾！六十年前流落海外的青铜金龙纹面具，一定就是朱慈之物。”

他顿了一顿，接着说道：“我父亲也一定论证了朱慈真墓并非子虚乌有，才对青铜金龙纹的图案深信不疑。线人魏立伟向他传递了一个有关出土青铜刻片上金龙纹的情报信息，他才会雨夜赴会。”

杨忘危看着朱家大宅的布局结构，突然脑中灵光一闪，“这个情报恐怕不是假的。一直以来，因为当日没有发现掘土盗墓的案件，侦查人员一直以为魏立伟传递的是一个假情报，甚至有人认为魏立伟就是蒙面人‘盗圣’。可是，这一切推理的起点，说不定都是错的！”

“危哥，你是说……”

“以我父亲的学识，魏立伟怎么可能轻易骗得了他，这一点他理应心知肚明。魏立伟给出的是一个真情报，有人在当晚挖掘朱慈之墓。这样也就解释了当晚‘盗圣’的装扮，他手上裹着的，正是取宝之时用的黄红布。父亲根据魏立伟的线报，和‘盗圣’正面遭遇了。”

沈沛大悟道：“这么说，魏立伟很可能知道‘盗圣’是谁、知道‘盗圣’当晚要去盗取朱慈墓，他所言有人要在黑市出手带有金龙纹的青铜刻片，很有可能是‘盗圣’先开了疑冢所获。而雨夜当晚，魏立伟知悉了‘盗圣’又要作案，才通知杨伯父前往拦截。”

沈沛沉吟半晌，问道："可是，还有一个问题推理无解，伯父为什么只身前往？"

杨忘危继续推理："如果魏立伟传递的是真情报，那么魏立伟自然知悉'盗圣'的身份、举动，他的人间蒸发，很有可能是被灭口。现在要找出当年真相的方法，只有一个！"

杨忘危长舒一口气，他知道自己的推理方向是对的，只要他找到朱慈真墓，就能找到当年雨夜发生的一切真相。他想得入神，一个念头在脑中反复转动："谁说墓葬就一定要在土里！"这个错误观念误导了当年的全部侦查方向，郑兆易、于洪一、张小科都不约而同地认为，魏立伟传递的是假情报，"盗圣"和他应当是同谋。

杨忘危一字字道："如果这个消失的墓根本就不在土里，那么魏立伟传递的就是真情报。父亲判断这个情报为真之后，却要只身赴会，他和'盗圣'之间应当另有纠葛！"

现在朱家大宅的奇怪布局，让杨忘危意识到，这宅子，会不会就是为了隐藏朱慈真墓所建？

"我们现在要做什么？"

"排查进出朱家大宅的所有可疑人员。"杨忘危道。

"我已经部署了人脸扫描系统。"

"有什么发现？"杨忘危问。

"今天进出朱家大宅的人很多，来来往往，经过人脸识别扫描，都是亲朋好友。"

杨忘危道："拣反常的说。"

沈沛把视频回放："朱家有个侄子，叫朱彪，常住锦城郊区，最后一个进入宅子，却是第一个出来，出来的时候满脸不忿。”

杨忘危道：“此人既来贺寿，为何匆匆离开？”

“我查过他的底，之前判过刑。”

“因为什么判刑？”

“好像是故意伤害。”朱彪此前替唐九州的一名亲信顶包。

“他平日干什么活计？”

沈沛翻动资料：“无业，嗜赌。”

“停。”杨忘危叫停沈沛手中的监控视频，“你看他的双手。”

沈沛循着杨忘危的手指望去，朱彪双手插在衣袋之中，衣袋鼓鼓的。

杨忘危道：“这人想必是偷拿了朱宅的值钱东西，此人贪婪得很。”

“日防夜防，家贼难防。”沈沛道。

杨忘危闭目想了一会儿：“这人估计不是专程来偷东西的。”

“何解？”

“你会不会这么老远过来顺走一两件不起眼的东西？此人贪婪，好利则必然无义，他神情愤愤，眼神却躲闪旁人，来此处定然还有别的目的，不过是朱家当家没有理会他，他不甘心空手而返，才顺走一两件物事解气。”

杨忘危问道：“见着曲满江了吗？”

“还没。”

“按照曲满江的速度，他肯定已经到了仁安。他拿着马三摆的坐标，当他发现这个坐标是朱家宅子的时候，一定会和咱们一样疑惑。”

“那他会干什么？”沈沛问。

杨忘危笑道：“我们现在在做什么，他就在做什么。”

“观察宅子？”

“曲满江这样的人，自恃手段高超，爱惜羽毛，绝不打无准备之仗。他一定躲在暗处，在细细勘查这宅子的周围。”

沈沛推测：“他也真能忍啊……会不会他看见马三摆的坐标是这座宅子就撤了？”

杨忘危道：“‘数术之学，甘朱马杨；仁安四家，各有擅长’，曲满江这样的老江湖，最是识货，马家给出的坐标，他自然深信不疑。”

“敌不动，我不动？”沈沛问。

“以曲满江以往盗墓掘宝的能耐和经验，他不用多少时间，就能勘查完全部宅子的外部信息。”

“那又如何？”沈沛问。

杨忘危微微一笑：“那他就该和我一样，发现这宅子的风水倒位。如此奇怪的宅子，难道你不想进去看看吗？”

沈沛点头：“想。”

“连你都如此好奇，更何况曲满江了。”

“那我们为何还不进去？”

杨忘危拿起曲满江的资料，缓缓道：“我向来不信风水鬼神之说，可是曲满江之流却深信不疑。这宅子不是阳宅摆布，那么在他眼中就如同墓穴一般，闯墓而入，时辰却须讲究。这宅子白虎居下，石狮朝西，而那曲满江是己酉年生，属鸡，宅门与他命格相冲，按照他的吉时推断，他只能在亥时动手，也就是晚上九点！”

“厉害！”沈沛看了一下表，时间还有一个小时。

“要想战胜魔鬼，先要变成魔鬼。”

“对了，危哥，还有个发现！”沈沛太阳穴一跳，差点忘记一事。

“什么？”

“除了朱彪外，还有一人从宅子里出来了。”

杨忘危警觉道：“谁？”

“她。”沈沛回放视频，只见一名女子从大门出来，她穿着朴素，脸上雀斑颇多，五官平平，眉目之间却颇有风姿。

“查过吗？”

“嗯，已经走访过了，她是朱百年家的保姆。”

杨忘危道：“保姆？”

沈沛八卦道：“对。据说她在和朱百年的傻儿子朱正谈恋爱。”

杨忘危道：“姐弟恋？”

“嘿嘿，是啊。”

“大半夜的，外出干什么？”杨忘危觉得可疑。

沈沛道：“她要是不外出，你就没有这消夜吃了。怎么样？还好吃吗？”

“嗯，正宗中州消夜，又麻又辣。”

杨忘危和沈沛在中州上过学，他毕业于中州政法大学刑侦学院，沈沛是他师弟，在念书期间，二人常常在学校外的小摊上吃消夜。

杨忘危看着桌上的消夜出神。沈沛接着道：“我已经查过了，这保姆名叫徐莲，中州人，是个哑巴，她白天在朱家做饭，深夜还经营一家江湖菜夜宵店。”

“拣反常的说！”

沈沛接着道：“平日她上午九点去集市买菜，十点进入朱家做饭，中午及下午收拾卫生，做好晚饭之后在朱家收拾一阵，晚上八点从朱家出门……”

“可是，她今天出门很早对不？”杨忘危道。

“正是。”

杨忘危道：“现在是晚上八点，你都已经从她的夜宵店买了东西返回，可见她今日从朱家出门很早。”

沈沛道：“嗯，我跟过去的时候，她的夜宵店已经开门了。”

杨忘危看着沈沛，一字字道：“朱家今日办寿宴，她的工作应该比平常多才对，怎么比平常更早出门，这不是很令人奇怪吗？”

沈沛也察觉到了可疑，问道：“危哥，那依你看……”

杨忘危看了一下表，离预测曲满江行动的时间还有一个钟头。

“这夜宵凉了，看来我们得去吃个现炒才是。”

十三章　江湖菜

又大又红的辣椒，配上糯糯的牛筋，在锅里爆炒，加上葱、姜、蒜等十多种香料，一盘正宗的爆炒牛筋就出炉了。牛筋是下锅前，用高压锅特殊加工过的，吃起来汁水饱满，糯软筋道。

当老板娘徐莲把爆炒牛筋端出厨房的时候。曲满江正在若有所思地看表，他心中盘算，自己是己酉年生，属鸡，只能在亥时动手，只要进得朱家宅子，一刻钟内，必然能将宅子里里外外都探遍，然后全身而退，绝不拖沓。

他和牛大、牛二相向而坐，手中拿着一幅刚画好的朱家大宅方位结构图。不出杨忘危所料，他没有用多少时间，就把朱家大宅的外围情况摸得一清二楚。他在做最后的功课，只要亥时一到，就设法进去朱宅。他一生闯墓无数，还是第一次如此慎重。这朱慈号称战神，其真墓必然玄机甚多，加之目前墓穴不明，摆在面前的朱宅却玄之又玄，曲满江满脑子风水，不选一个利于自己的吉时，不敢贸然行动。这一节，也正中杨忘危所料。

这家夜宵店远近闻名，曲满江、牛大、牛二瞬间被爆炒牛筋的香味吸引。三人俱是一般心思，时间不多了，吃饱了好开工。牛大一见那徐莲，顿起色心，趁着人家端菜上桌时，伸手想去摸一把徐莲柔滑的玉手。

曲满江眼睛一亮，手中筷子飞快点出，在牛大手上重重一敲，牛大触电般缩了回来，手上红了一大块。徐莲目光带着感谢，向曲满江点点头，余光却移到曲满江手上的朱家大宅结构方位图上。曲满江警惕地收起图纸。

曲满江夹了一块牛筋，塞到牛大碗里："不知轻重的东西！"

牛大默默低头吃菜，也不说话。

"逗比"的牛二道："大哥，你咋啦？手上红了一大块。"

牛大狠瞪他一眼："快吃，一会儿要挖土！"

曲满江狠瞪他一眼："说了多少次，我们干的是技术工种，这叫——"

牛二幸灾乐祸地接话道："专、业、倒、斗！"

曲满江回望徐莲，这徐莲二十五六岁模样，面色微黑，举止干练，身材匀称，腰肢纤细，却又柔中带刚，一双眉目深邃有神，绝非寻常餐馆厨娘。他大事将近，是以敲打牛大，以免节外生枝。

江湖菜夜宵店今晚生意冷清，曲满江三人匆匆吃完，就结账离开。徐莲偷偷看曲满江三人离去，正要收拾厨房。

"老板——来碗爆炒牛筋！"沈沛的声音响起，他迈步就进了店。

徐莲迎了出来，拿出一个大屏幕手机，在屏幕上快速打字，她无法说话，只有用这种方式张罗生意："小哥，刚买的那份不够吃吗？你还要打什么菜？"她将手机递给沈沛。

杨忘危远远看着她，这真是个哑巴？

"不够不够，上瓶小酒，我们哥俩喝一个。"

徐莲又打字："小哥，要什么酒？"

"随便，那个什么苏小白、张小白都可以，半斤装的就行。"

徐莲："好，就来！"

杨忘危随后走了进来，打量一眼店内，没发现任何异常。

他二人看了看表，离九点还有一阵，正好填饱肚子，说不定一会儿与曲满江是场硬仗。徐莲又做了一份爆炒牛筋端了上来。

"老板娘，您是中州人？这小炒很地道啊。"

徐莲客气地点点头。

杨忘危又问："中州哪儿啊？"

徐莲一愣，拿出手机打字："小哥你对中州很熟悉啊？"

杨忘危道："我也是中州人！"

徐莲神色惊喜，打字也快了一些："原来还是老乡，我怎么没有听出你的口音呢？"

"我口音早就变老（啦），这些年东奔西跑勒（的）。在西川还真不容易吃到正宗中州江湖菜。"

徐莲输入文字："我是中州万江人。"

杨忘危道："嗯，那里烤鱼黑（很）出名，是不是？"

徐莲使劲点头，快速打字：“对，万江的烤鱼，乾隆皇帝都题过词，叫什么《渔火赋》。”

杨忘危一拍大腿：“对头（音词），我记得在进城的时候，有一块很大的招牌，上面就题了乾隆皇帝的这个赋，写了什么来着……”

徐莲微微一笑，屏幕上打出：“写什么我就不晓得了，我又没读过书，只会做点饭菜，讨点生活。”

杨忘危问：“是不是‘江上往来人，但爱烤鱼肥’吗？”

徐莲眼望天花板，好像在思索什么。

但爱烤鱼肥？沈沛在一旁噗地笑了出来。这少年老成的杨忘危搭讪美女的手段竟然如此的 Low。

角落里，又有人叫菜，徐莲应了一声，正要打字，发现手机没电了，她拉起杨忘危的手，在他手上写道：“小老乡，招呼不周，我去忙了，今天店里师傅去喝寿酒喝多了，店里只有我一个人。”她的手真是柔软。

待徐莲快步而退，杨忘危倒了两杯酒，和沈沛喝下。

“搞什么啊，乾隆皇帝写那种没文化的句子？”

杨忘危笑道：“这个典故我最清楚，当年万江一家烤鱼店开业，为了搞点文化包装，把政法大学吕老爷子拉去顺手题的，吕老爷子估计那天也是喝高了……”

“你们俩就瞎扯吧，浪费时间！”

杨忘危愣愣看着桌上美味的中州美食，他此刻倒不关心徐莲如何，他心中想的是，萧思洁在干吗？在中州念大学的时候，每次萧思洁来看望他，他都领着萧思洁去学校外面吃各种中州美食。中州地处山地，三江交汇，常年润雾养人，当地人多皮肤白皙，加之特有的山地形态，走哪都是爬坡上坎，故女子多窈窕婀娜，使中州得了一个美女之都的称号。饶是如此，在杨忘危心中，中州美女虽多，却抵不上从小一起长大的萧思洁。

曲满江如果真是当年的“盗圣”，他可是心狠手辣之徒，萧思洁之母和杨忘危之父都是死于他的枪下，对付这种穷凶极恶之徒，这必将是一场凶险之战！

他用力握住自己的手心，那里有一枚奇怪的印记，这个印记在萧思洁肩头也有一个，这都是源于当年雨夜的那场凶案。父亲保佑，今天我要将这凶徒绳之以法！

他心中执念，近乎成魔。

十四章　夜斗

月上高冈，冰轮沁人。

朱宅内，朱正正在夜读，他念的是《朱子家训》，他从小养成了晨读、夜读的习惯，这本家训里，讲的是修身的道理，他清脆的读书声，在朱宅里余音袅袅。

朱百年在院外听了听儿子的朗读，满意地点了点头。老伴儿罗老太站在他身后，“老头儿，今天朱彪找你什么事儿啊？”

“哎，这些事，你不要问的好。”

“什么叫我不要问的好，我听得清楚，他是来打听朱慈真墓所在！”

朱百年眼睛微闭：“你是个什么想法啊？”

“朱正年纪已然不小，你总不能让他像你一样守着这个宅子，家道已经没落，坐吃山空不是办法。况且，朱正难道不谋生创业？”

朱百年知她心意，打断道：“老伴，我朱家祖上受人重托，怎可作背信之人。”

“时事已变，莫要食古不化才好。”

“不用说了……这世界上，本来就没有什么洪武银库，偏叫那些贼人多般渲染，搞得朱慈王爷去后也不得安宁。我巫江朱家祖上定下的规矩，要为王爷护陵。只要有我朱百年一口气在，就不能做失信之人。朱正既是我朱家子孙，就该当接下这个宅子！”

罗老太道：“你怎可如此自私，那是儿子的人生，他有选择的权利！”

“不用多说，我看朱正过得快乐得很，这世道坏得很，他有这份清静也是好的。至于钱财的事，只要朱家院外的良田还在，就饿不死我们。”

“你！儿子娶妻怎么办？你朱家总要传宗接代吧？”

朱百年不紧不慢道：“我看那徐莲虽然比朱正大了些，可是为人勤快，相貌也不丑，她来我们家已经有了些时日，我暗中观察了很久，她平日和正儿很合得来，她二人的生辰八字，也是般配，对朱正的头病，颇有帮助，到时候我来安排这门亲事。”

“什么？”罗老太简直不相信自己的耳朵。

罗老太道：“都什么年代了，你还要包办儿子的婚事？”

朱正的读书声停了一下，朱百年挥手让罗老太小声些。罗老太愤然转身离去。

朱百年走到前院天井，抬头望了一眼天空，天上繁星漫天，他精通星相，随手推算，“看来今日朱宅有劫数啊。”

墙内窸窸窣窣，朱正念书之声已不可闻，他夜读完毕，已经就寝。老伴儿刚才的话让朱百年心中起伏，他在院内踱步多时，蓦地长出一口气，对墙外朗声道：“诸位今日想必已将这宅子观察得细透，亥时到了，既然远来是客，何必躲躲藏藏！”

朱百年话音刚落，三道黑影直扑朱宅，朱百年侧耳一听，暗自道：“三名贼人身手如风，原来是圈内成名人物。”

远处的沈沛在望远镜里看得清楚，为首一人应该就是曲满江。旁边的两人则是他的随从牛大、牛二。这二人平日“逗比”得很，牛二更是不显山露水，此刻行动起来竟然不是庸手。

“危哥，你看！”

“好利索的身手。”杨忘危脑子里回放了一遍当日疑冢案的现场，来人认墓极准，进出如风，身手利索。

杨忘危一挥手：“走，抓贼拿赃！”二人匆忙下了楼，往朱家大宅跑去，杨忘危莫名地兴奋起来，只要抓住曲满江，似乎就能为父亲报仇、摆脱噩梦的阴影。

回说曲满江三人，在墙外听得朱百年喊声，他三人先是一愣。曲满江脑子转了一瞬，原来他三人白天查勘朱家宅子的时候，朱百年也将他三人看在了眼里。

曲满江道：“‘数术之学，甘朱马杨’。这朱家果然有些名堂。”

牛大道：“三爷，不如硬闯？绑了那老头，逼他交代墓址？”

“绑架？这我们不专业啊——”牛二这回有了长进，学着曲满江之前的口吻教训牛大，“我们是专、业、倒、斗，祖师爷赏的活计，三爷说了好多回！我们干的是技术工种，技术！”

曲满江脸上一红，啪地给了牛二一掌：“就你话多，摸金的活计，从来都是跨专业发展！”

牛二委屈道：“咋又成了跨专业发展呢？”

曲满江心中已经明朗，此刻身形暴露，只有用强一途，这朱百年必然知悉朱慈真墓所在，他今日表演了一套大刀刀法，曲满江一眼就看出他手上功夫不深，若自己出手，数招之内必然可以生擒朱百年，逼迫他讲出墓址所在。他在手下面前，平日端着架子，以摸金传人自居，端的是优雅高深，可是他心中清楚，盗墓一行本来就是犯罪，只要能成功，就算简单粗暴也可！

“独留洪武银如山。”那朱慈秘宝和洪武银库的诱惑太大，这样的大餐摆在面前，哪里还讲究什么吃相。

“牛大随我进去，牛二你留下放哨！”

曲满江贪婪地一摸下巴，大喝一声，带头从墙头跃入。他甫一落地，只觉身旁疾风劈过，他躲闪不及，心中大骇，这疾风不是朱百年的大刀劈来，还能是什么？

“不好，轻敌了！这朱百年原来功夫如此之高！”曲满江大惊，原来朱百年白天在台上表演的舞大刀不过是他真实功夫的十分之一。

“来人束手就擒！”朱百年大喝一声。他虽年已七十，鹤发童颜，但舞动这一柄大刀是神威凛凛！这一刀之威，快如惊雷，将曲满江身形全部罩住，他避无可避，决计躲闪不了，简直吓破了肝胆。

眼见这一刀要劈中曲满江，二人均发一声："咦！"

曲满江脚下踩中一处软泥，自然而然地滑倒，凑巧躲过朱百年的雷霆之势。

曲满江得以喘息，他拍地而起，向右急纵而出。"祖师爷保佑，亥时闯门，果然是我的吉时！"他纵出之时，随手打出一个带索铁爪。这叫定形爪，是用以钩住土地，把盗墓者放入地洞的工具。

他手上舞动，铁爪像游蛇一样攻向朱百年，用的正是以柔克刚的打法。朱百年手中大刀沉重，挥舞劈斩，总须膂力，遇上飞来飞去的铁爪，实在不好应付。只听金铁交击之声，二人已经斗上数十招。

曲满江手上不停，那铁爪像长了眼睛，不停往朱百年胸口、腰间、下盘抓去。朱百年甩动刀柄将铁爪攻势一一弹开，刀柄与铁爪相击，震得他虎口生痛，这曲满江透过长长铁索，还能传递如此大的力道，曲满江常年盗墓，手上功夫向来不浅。

"好功夫。"朱百年喝道，"老夫真是眼拙，没有认出是哪一位高人？"

曲满江道："从来摸金黑夜事，何必多此问姓名？"他手上不停，舞动铁爪便要缠住朱百年。

墙外牛大、牛二透过窗孔看得清楚，曲满江身手灵活，手段高超，那朱百年武器笨重，招式简单，实在不是对手。二人也不出手相助，生怕打扰曲满江的雅兴，"三爷这手功夫，真是傻。”

“这才是技术工种，这叫啥，专业！”

二人又斗片刻，朱百年心中盘算，他手中挥舞沉重大刀，守多攻少，久战必处下风，而敌人远距挥舞钢索铁爪，挥洒轻松，况且刚才墙外明明听得三人声响，若是再来强援，如何敌得过？他打定主意，必须近身作战，只见他身形一闪，向曲满江跃近，口中道：“既然摸金求财，为何来我朱宅！”

二人身形一近，铁索的优势顿失。朱百年手中大刀快速翻转，在月光之下如同雪瀑。

“交出朱慈真墓，饶你不死！”曲满江索性挑明来意。

“小贼好狂妄，朱家百年立宅在此，从不受人威胁。”朱百年心中气盛，手上大刀舞动更快，他故意卖一个破绽，引得曲满江铁爪攻来，他侧身闪过，用刀柄一挡，那铁爪的钢索在刀柄之上绕了几绕，竟被缠住。

朱百年向后一拖，那铁爪死死钉在了旁边一棵迎客松之上，他旋即使一招大刀套路中的经典招式——“回马刀”，大刀从刁钻角度劈至，曲满江大惊，抛下手中钢索，抱头滚地而躲。

“妈的，还不进来帮忙！”曲满江大喝一声。

牛大喊道：“哎哟！阴沟里翻船。你放哨！我去助三爷！”他跳入院内。

牛大手持一根黑色铁棍，迅速向朱百年膝下招呼。朱百年只得连续退步，曲满江一个鲤鱼打挺，纵身而起，双手不知从哪里摸出两柄匕首，只见刀光一闪，他手上匕首递出，刺向朱百年上三路。

曲满江和牛大配合无间，一攻上，一攻下，朱百年立处下风。他强自收敛心神，将大刀挥舞起来，抡成一个圆圈，沉着拆招。牛大手中黑棍异常灵活，朱百年数次险些被他绊倒。

“这又是哪个高人？”

朱百年脑中灵光闪过，猛然醒悟：“这‘绊腿黑棍’难不成是‘黑白无常’到了？”

朱百年猜得没错，这牛大、牛二本不是真名，他二人多年来犯罪，被道上称作“黑白无常”，后二人均被通缉，除了盗墓之外，旁罪累累，为了躲避法律制裁，换了姓名。

朱百年道：“原来是人称‘黑白无常’的‘黑无常’到了！这些年被通缉还没落网？”

“啊——”牛大听他叫破自己身份，心神一惊，心下胆怯，他手上一缓，被朱百年刀柄反手打中，痛得差点黑棍脱手。

“敢问‘白无常’何在？一并叫来，老夫一并打发。”

曲满江喝道：“老头儿好尖的眼力！”他手中匕首向前递出，出手凌厉无比，已是使出浑身解数。朱百年倒退躲避，他刚退两步，只听脑后风声大作，一个巨大的白色麻袋已经罩上头来。

朱百年只觉眼前一黑，头脸已被罩住。

“得手！”牛二大笑，“‘逗比’，你既知道‘白无常’来了，怎不提防这‘披麻口袋’！”

牛二得意扬扬地看着牛大和曲满江，“嘿！技术工种！螳螂捕蝉，黄雀在后！”

但牛大和曲满江并不说话，且一脸铁青，冷峻地看着他。

牛大道：“你不是放哨吗？”

“咋了？没我，你们谁能拿下这个老头儿！有啥好放的哨？”

牛二转过头，顺着牛大和曲满江的目光望去——若干藏青服饰的男子将他们围住，藏青服饰上星星点点，警徽生辉。

“坏了坏了，被条子包围啦！”

牛大压低声音，狠狠道：“说了多少次，倒斗是技术活，放哨很重要！”

牛二道：“三爷，别怕，咱们就是打打架，有什么好怕的。”

当先两名男子着便装，正是杨忘危和沈沛。“胆够大的啊，这是在演武戏啊？”原来三贼和朱百年力斗之时，杨忘危悄然部署包围，他算准曲满江必然在亥时动手，早就调动增援，在朱宅附近候命。

就在牛二跳入院墙之后，杨忘危一声令下，干警神兵天降，通通熄灭了手电筒，从四面八方爬进院内。

三贼功夫再高，总是插翅难逃。

进门之前，沈沛问：“如果他们反抗……”

杨忘危突然头痛起来，面部肌肉抽搐不止，他心中一个魔鬼跳了出来：“这可是杀父仇人！如果他反抗袭警，那就再好不过了！”

杨忘危冷冷地看着沈沛："把枪给我。"他一拉枪栓，跳入院内。

沈沛的手机轻轻振动，一条微信文字钻了进来——"阿沛，我有些担心，你帮我看好危哥好吗？"沈沛回了一个"ok"的表情给萧思洁后，收了手机，也随杨忘危跳了进去。

此刻，三贼已经被围住，任曲满江算尽吉时方位，也不可能逃走。口袋里的朱百年正不停挣扎。沈沛拿着人面识别系统，上面迅速锁定了通缉信息，他朗声道："哼哼，两个毛贼本名'罗大力、殷盘'，取了个外号'一黑一白'？装什么大熊猫！还不把朱老爷子放下！"

牛二、牛大真是如被雷击。

杨忘危上前一步，强自按捺内心的激动，颤抖着提枪指着牛二，"曲满江、罗大力、殷盘，你们三人涉嫌多项犯罪，跟我走一趟吧。"

曲满江没说话，恶狠狠地盯着杨忘危，眼神凶狠异常。这种杀气，杨忘危小的时候就感受过。在那个家破人亡的雨夜，他失去了父亲，造成他长久以来的噩梦和头痛。曲满江的身形和眼神，与当年的凶手是如此的相似。

错不了，这种感觉！

杨忘危看见曲满江手上已经扣住一枚钢镖。

来啊，曲满江，出手啊！

这一枪打下去，血海深仇，就都报了。

十五章　秘密

“柠妈，这是什么？”

萧思洁拿起一本厚厚的书，这书很沉，页面都已经发黄。她今天晚上没课，早早就回到家中。唐少川送她到楼下的时候，她忽然感觉一阵放松。面对唐九州，她本能地感到压抑，所以这顿饭吃得并不愉快。

她还是喜欢回到西川大学教师宿舍，宿舍虽然不大，可是她已经习惯了这个地方。她每天都会帮甘柠打扫书架、书柜，这些书籍是甘柠一生艺业所在，她视若珍宝。

甘柠走了过来，“这是本旧书……”

萧思洁随手翻了起来，“哥哥今天不回来吗？”

“他打了电话，说在仁安办案。”

“又是仁安？”

甘柠道：“是啊，和他父亲一样，一生都围着那个地方转，仿佛是宿命。”

萧思洁脑门一跳，那个家破人亡的雨夜仿佛又回到了心头，她忽然心神不宁起来，这种感觉从接触唐九州开始，就一直隐隐发作，直到甘柠此刻提起仁安，那个雨夜的记忆骤然清晰起来。萧思洁喃喃道："唐九州……好像在哪里见过……"

"怎么了？"

"没事，柠妈，我有些担心哥哥。"

甘柠不说话，整个房间都很安静。杨涛当年也是执迷朱慈真墓的传说，才出了事。如今的杨忘危，为查清父亲当年的案子，更是走火入魔。

萧思洁翻开手中的旧书，一首诗映入眼帘："三千蜀地破雄关，金龙青甲在云天。王子江山带不去，独留洪武银如山。"

这句子旁边密密麻麻地写着考证注解，落款是"杨涛"，原来这是杨涛的考古笔记。

"这是杨爸当年看的书？"

"嗯。"

"他考证过朱慈和洪武银库的事……"

甘柠坐了下来，将台灯调亮了些："人的欲望无穷无边，单是一句洪武银库，就引来无数盗贼觊觎。不管这洪武银库是真是假，对于杨涛来说，打击犯罪是他的职责。他研究、考证朱慈，就不足为怪了。仁安，就像一个无形的黑洞，那些扑朔迷离的传说把许多人都吸引了过去。'仁安四家，甘朱马杨'，我们甘家，世代守护着这个秘密，真的付出太多太多……"

萧思洁看着甘柠，一字字道："柠妈，你一定知道些什么，对不对？"

十六章　局中局

朱正从梦中惊醒，依稀听见有人在门外走动，他的房间在后院，隔着两间藏书房，是他父母的房间。后院是典型的西川旧民居构造，这种房子最大的好处，就是前后院能完全分隔开来，中庭门一闭，前后院就独立分开，吵嚷不闻。是以朱百年和曲满江三人打得天翻地覆，后院也是安安静静。

谁在后院走动？

朱正起身打开台灯，温暖的阅读书灯映出一个人影。那人影快步移动，就要远走。朱正出门查看，只见那人影跳入了父亲的书房。

"一定是徐莲姐，她前几日还找我借书来着。我且悄悄走到背后，扮鬼吓她一下。"朱正心中窃喜，蹑手蹑脚走了过去。

朱百年的藏书房足有一百平方米见方，两米高的书架呈九宫八卦形摆放在四周，正对门的是一幅红木框裱的名家书法，这幅作品笔力深厚，抄录的正是《朱子家训》。书房透着幽幽檀香，让人很是舒服。

朱正悄悄打开书房的窗户，借着月光看见一个黑影正在不停地翻找着什么。黑影找完第一格上的书籍，又向第二格走去。朱正小心地走了进去，“小姐姐比我还爱看书，这么晚还来找书。”

朱正身形不大，隐在书架之后，逐渐靠近那黑影。他满心欢喜，作势要吓唬“徐莲”。

那黑影动作极快，已经将八个书架都迅速翻看了一遍，只见“徐莲”呆在当场，口中低声骂道：“老东西，真是麻烦！”

朱正惊觉不是徐莲，这声惊呼变成了惊叫：“朱彪！”

朱彪回过头来，恶狠狠地看着朱正：“你来得正好，告诉我，老头子的地图藏在哪里？”

“什么、什么地图？”

朱彪掏出一把匕首，指着朱正：“别犯傻，老子时间不多了！”

朱正哇地哭了出来。

朱彪烦透了，气急败坏道：“你这傻子，留在世上也是浪费粮食！”他倒过刀柄，挥手便去打朱正。

朱正大叫大嚷，抱头躲避，口中却念道：“人有小过，含容而忍之；人有大过，以理而谕之。勿以善小而不为，勿以恶小而为之。”这《朱子家训》他背得滚瓜烂熟，此刻直当作救命稻草，希望能阻止朱彪对他狠施毒手。

“啪——”

朱彪手上一麻，刀柄落地，一粒石子在他脚下滴溜溜直转。“是谁！”这份劲力非同寻常，朱彪不由得头皮一阵发麻。

朱正一见形势逆转，道：“朱家列祖列宗救我来啦！”

朱彪闻言内心胆怯，只见这藏书房内书架高耸，阴风袭来，书页翻动有声，他不禁打了一个寒战。

难不成真是朱家祖上在这不阴不阳的宅子里盘桓？

他久来盗墓，本不惧鬼神之事，可他毕竟贪得无厌，好吃懒做，兼而偷鸡摸狗，早就败坏了朱家门风，此刻听得朱正口念《朱子家训》，心中恼羞成怒，抓起书架上一个瓷瓶便要砸过去。

“嗯？”这瓷瓶竟似有千斤之重，他一抓之下，竟然提之不起。这是机关？

朱彪大喜，将瓷瓶轻轻旋转，只听“咔咔咔”几声轻响，一面书架旋转起来，露出凿空的背面，一个青色人脸正面望向自己。

一个死人！

“啊——”朱彪大骇，他倒退两步，抓起朱正，挡在自己前面。

借着月光，他才看清那青色人脸是一张面具，面具之下，不辨男女。这朱宅之内，竟然藏有死尸！

“杀人啦！”朱彪、朱正吓得魂飞天外，二人连滚带爬地跑出了房间。

房间里只剩下那具青脸死尸一动不动，夜风吹过书架，书页翻动，藏书房里又多了一个人影。

这人影风姿绰约，身材匀称，手中攥着一把石子，适才飞石击打朱彪的，正是徐莲。她见朱彪欺负朱正，便飞石教训他。

徐莲盯着面前的死尸，目光眨也不眨。那死尸也这么盯着她，仿佛穿越了生死和时空，二人相识已久。

十七章　对峙

夜风吹过朱宅大院的参天古树。

风过树叶，沙沙沙。

曲满江的钢镖已经扣在手上，他一旦向杨忘危出手，杨忘危就可以正当防卫，立时击毙他。

曲满江已经将所有情况都收入了脑中，他和牛大、牛二所处的位置，已经被警察包围；杨忘危这小子离他最近，只要豁出全力，乾坤一掷，就可以将杨忘危打倒，他三人扑将过去，配合无间，将杨忘危生擒；然后将其当作人质，勒令诸警不得上前，他们就可寻求脱身。

整个僵持的局面骤然肃杀。

干警在等杨忘危指挥抓人，杨忘危却是在等曲满江出手。他头痛得厉害，汗水往下直落，湿透了衬衫背心。他忍着剧痛，将注意力集中在枪口瞄准器上。

这场对峙，就像是二十年前的那个雨夜。

牛大、牛二也瞟向曲满江，他三人配合多年，共同进退，那枚钢镖发出之时，二人便要纵身扑向杨忘危，一上一下，将他手足缠死，锁其肩颈，将杨忘危倒举成为人质。他二人外号“黑白无常”，扑纵拿人的功夫，便如真的无常鬼索命一般来去如风。

月亮已经钻进了乌云里。

空气里几乎都能听见曲满江、杨忘危的心跳声。

“三爷怎么还不出手？”

是啊，曲满江怎么还不出手？

钢镖在手，曲满江本能地意识到了危险，这杨忘危名声在外，必有过人之处，如果这枚钢镖不能一击奏效，那么他将面临极为不利的局面。

“快啊，曲满江，你怎么还不出手！”杨忘危的手在抖。内心的魔鬼已经吞噬了他的理智。

“危哥……”沈沛小声道，他已经看出杨忘危的用意。

“你闪开。”

“万一他不是……”沈沛忽然紧张了起来。如果曲满江不是盗圣，纵然杨忘危正当防卫打死他，也将被钉在自己的十字架上。沈沛了解杨忘危，他精通奇门，可也信仰法律，他坚信任何犯罪都应当受到法律的惩罚，如果杀错了，杨忘危将如何原谅自己，如何走出这场旷日持久的头痛？他的心里将更加负重！

况且，杨忘危以身为饵，诱曲满江出手，三贼合力一击，杨忘危有没有十足把握应付？月亮又从乌云里钻了出来。

一缕月光晃过杨忘危的脸，他眼睛微微一闭。

“危哥！别开枪！万一他不是凶手呢！”沈沛大声喊了起来。他答应了萧思洁，要看好杨忘危，决计不能眼看杨忘危堕入深渊。

“我们是警察！”沈沛大喊。

“万一他不是凶手！”沈沛当头棒喝，这话如同惊雷般穿过杨忘危的脑子。杨忘危浑身一颤，头痛立消，内心魔鬼随之消失，他甫一恢复理智，一道灵光闪过心头。种种线索在他脑中快速闪过，他如雷似电的思绪飞速进行推理，这曲满江决计不是盗圣！曲满江不是连环疑冢被盗案的嫌疑人！

“妈的！我差点成魔了！”他压住扳机的手指松了下来，“我是警察！”警察是执法者，是正义的捍卫者，不是复仇者！

他气势一松，曲满江这样的高手自然捕捉到了。

只听一道破风之声。曲满江大喝一声，钢镖出手了！

今夜闯宅失利，曲满江满腔怒火，要发泄到这一击之上。

“黑白无常”已经扑向了杨忘危，他二人各持掘墓钢爪、钢铲，左右刺向杨忘危腰间。他二人飞扑之势，竟然堪比钢镖的飞行速度。钢爪、钢铲、钢镖带起劲风，三面压住杨忘危。任杨忘危反应再快，势必无法同一时间击退三面来敌，而任一兵器打在身上，必然重伤！

“好凶险——”他本能地向后一退，举枪的手缓了一缓。三件兵器却追了上来。

蓦地人影一闪，沈沛扑了上去。他抓起一面警用盾牌，挡住了这一枚钢镖，他余势不减，扑倒了曲满江。沈沛掏出手铐将曲满江一只手铐住：“曲满江，你被捕了！”

曲满江负隅顽抗，将沈沛带翻在地，滚地缠斗起来。

“啪——啪——”枪响了。

杨忘危得以空隙，左右连发两枪，牛大、牛二腿脚中枪，应声而倒。

“行动！”

“哎哟，不好，沈沛打不过他！”

“先帮沛哥。”

“曲满江是硬手！当心。”

只听院里叱咤之声，诸警雷霆般扑上，三贼哪里是对手，牛大、牛二拖着伤腿挣扎了一阵，也难敌诸警神勇。

“爸爸——杀人啦——爸爸！”受了惊吓的朱正连滚带爬地跑了出来。

“嗯？”杨忘危抬起头，看向朱正，“你爸爸杀人了？”

“不是！”朱正惊慌失措道，“有、有死人！”他指的是在书房机关里旋转而出的那个青面死尸。他抱住一名干警，神色终于稍缓。他手指颤抖地指向后院，口中颤抖道：“书房、书房，有个青铜面具的死尸！”

杨忘危、沈沛只觉背脊一阵发麻。这朱宅大院，果然藏有巨大秘密。杨忘危顺着朱正苍白的手指望向后院，那后院门庭深深，像是深渊一般凝视着他。

留给徐莲破解谜题的时间已经不多了。朱正、朱彪跑了出去。朱彪从后院后门溜了，朱正这样的心智被惊吓到，肯定第一时间去前院找他父亲朱百年。

必须尽快破解这个书房的秘密，否则朱百年和杨忘危一闯进来，她的心血就白费了。

徐莲审视着这“死尸”。这“死尸”正在随风消解。

这“死尸”她之前见过，在盗取的多个疑冢里见到过。这根本不是“死尸”。

这是蜡像。

在朱慈的诸个疑冢里都有。蜡像已经风化很长的年月，一经与自然风和空气接触，顿时消散崩坏。这蜡像戴着青铜面具，模仿的正是朱慈形象。

徐莲沉吟半晌，终于明白这青铜蜡像的用意。根据典籍记载，朱慈死后，设有疑冢，每个疑冢的入口和他的真墓却是相同，都立下了这样戴青铜面具的蜡人，这是朱慈给自己设计的镇墓兽，就像是兵马俑一样。

换言之，这书房就是一个墓葬的入口。

“仁安朱家既是护陵人，那么这书房之下的墓葬，必然是真墓！”

可是，究竟该从哪里才能进入？

十八章　密旨

书房里，萧思洁看着甘柠，一字字道：“柠妈，当年的案子，你是不是知道些什么？”

“叮咚——”

甘柠的笔记本电脑响了一声，打断了萧思洁和甘柠的对话。这是她的邮件提醒。

书房的灯依旧昏黄。

“柠妈，我去拿。”萧思洁起身，到客厅去取甘柠的笔记本电脑。

甘柠点开电子邮件，一张清晰的照片跳入眼帘。

那是一张青铜面具。面具的脸颊侧面刻着一道金龙纹。

“啊，柠妈！这是……”

甘柠微微一笑，“我经常会收到这种邮件。”

“经常？为什么？”

甘柠缓缓道：“自从你杨爸出事之后，就有很多人给我发这样的邮件，想要和我探讨青铜面具的事情。”

“很多人是指……”

“隔着电子邮件，我不知道每个人的身份，但可以推测出，有的人是这个行业里的专家、学者，纯粹出于学术兴趣和我讨论，而有的人，却是想从我这里，找到一些关于朱慈真墓的线索……”

萧思洁笑道：“柠妈在考古界的名气，大得很啊。”

“这一封邮件，是当年你杨爸的好友于洪一发来的。”

“于叔叔？他不是鉴定专家吗？”当年杨涛殉职，郑兆易请来于洪一，希望借助于洪一的专业鉴定知识，找到案件突破口。

“他不光是鉴定专家，还是一名文物专家，他和你杨爸、郑兆易交情很深。这些年，他在学术上见解颇多，处处反驳我，和你杨爸一样深信朱慈真墓的存在。”

甘柠拉动页面，里面来自各个国家的邮件都有。

“柠妈，这朱慈之墓真的存在吗？”

“确实存在。从种种史料与出土的明代文献来看，朱慈确有其人，你杨爸已经考证过了。”

萧思洁看了看邮件，甘柠总是简短地回复来自各个地方的邮件，对他们的热心求教或者好奇询问，总是报以否定的态度。萧思洁记得小的时候，郑兆易为了破案，前来找到甘柠，希望甘柠能够指点，甘柠也是将他拒之门外。

“可是你的学术观点里，却是一直在否认啊……”

甘柠忽然看着萧思洁：“你觉得真有朱慈之墓吗？”

萧思洁歪着脑袋：“朱慈是西川民间传说中的战神……可是，他总是凡人吧，既然是凡人，死亡之后不也是要安葬吗？”

甘柠一笑：“你这个解释倒是直接得很。对啊，朱慈只要确有其人，死后自然有朱慈之墓。”

“可是，青铜面具，却不一定为真。”萧思洁记起了甘柠的观点。

“在学术上，我从来都对外坚持一个观点：没有青铜面具之说。朱元璋分封藩王，生怕藩王拥兵自重，于是削减了藩王的兵权，除了护卫之外，根本不可能让藩王拥有正规军队，蜀王不可能有军队，更不用说蜀王之弟朱慈了。既然朱慈不可能在蜀地用兵，那么‘朱慈于战阵之上，佩戴金龙青铜面具震慑蜀地蛮族’的观点，也就站不住脚。金龙青铜面具，不过是一个子虚乌有的传说。”

萧思洁道：“既然青铜面具不是朱慈之物，那么后面的什么洪武银库也是编造的了？”

甘柠慢慢说道：“这些年，总是有人找出各种各样的证据来和我争辩，就像今天晚上这封邮件，于洪一发给我，要推翻我的观点。这张照片是多年前拍摄的国外一个地下拍卖黑市，照片上是流失出去的金龙青铜面具。”

萧思洁忽然注意到了甘柠的用语：“‘对外’？难道柠妈对此事另有认同？”

甘柠并不正面回答，她仰起头，陷入深深的回忆，“当年杨涛也是为了这个事，和我发生争论。”

“哦？杨爸认为有青铜面具？”

甘柠道：“他不光认为青铜面具是朱慈之物，甚至还认为朱慈身披甲胄，在蜀地打过仗！为了这些观点之争，我们经常好几天不说话。”

萧思洁笑道：“这有什么好争的，朱慈有没有打过仗，和二位过日子有什么关系。”

甘柠微微一笑，仿佛回到当年和杨涛争论的时光之中，“你杨爸是个很博学的人，杨家家学渊源，他对考古历史、建筑结构、空间地理、文物鉴宝无所不知。他对学识的执着是我最欣赏的地方……”

“柠妈，有人说‘无敌最寂寞’，以你的学识和才华，也只有杨爸能配得上你。”

“哎，那些日子啊，就算吵架也是快乐。和他一起讨论，哪怕观点出现分歧，争吵、冷战几天，各自冷静想想，也彼此尊重对方的观点，这真是一生最快乐的日子。”

萧思洁悠然神往，世界上最美好的情感，莫过于在志同道合的路上并肩同行了。

甘柠道：“但他最终还是因为纠结这个问题，被人误导而殉职，我要是早一点告诉他，就好了。”

“早一点儿告诉他什么？柠妈，今天你怪怪的。”

“女儿，你知道我为什么要否定青铜面具吗？”

“不知道，不过柠妈你在学界的地位，你发表这样的观点，一定有它的道理。”

“现在已经有无数的实证，证明青铜面具的存在，我何必要全盘否定。”

“是啊，那是为什么啊？”

甘柠看着萧思洁，一字字道：“那是因为我们甘家，守着朱慈背后的秘密！”

“啊——”萧思洁屏住了呼吸。

“杨涛的观点是对的，他认为朱元璋虽然控制了藩王的兵力，可是却在几个特别的地方，允许了藩王可以带兵。”

“在北方抵御蒙古的燕王朱棣，就是一个特殊情况。”萧思洁道。

“对，这是一个特殊的例子。”甘柠道。

“既然有一个例外，就会有两个例外。”

甘柠看着萧思洁：“你这个话和当年杨涛说的一模一样。”

萧思洁道：“我可没有杨爸那么博学，我这是剧本里的台词。”

甘柠微微笑道：“杨涛认为，朱元璋的封藩是有特例的，既然燕王是特例，为什么蜀王不可以是特例？”

萧思洁道：“那么，蜀王是特例吗？”

甘柠摇摇头：“蜀王不是。”

“不是？”

“对，蜀王决计不是拥有重兵的藩王。这一点，学界已经证实。”

“那么你们的分歧在哪呢？”萧思洁有些搞不懂了。

甘柠道：“蜀王不是特例，朱慈却是特例。”

萧思洁问：“为什么？”

甘柠接着道：“如果不是镇守边防而获准用兵，那么朱慈就只有一个理由能在蜀地用兵，那就是洪武大帝另外给了他特殊任务。如果青铜面具是真的，就可以印证传说中朱慈佩戴青甲，辟易群蛮的典故，杨涛深信朱慈在蜀地用过兵。”

萧思洁思路逐渐清晰：“也就是说，只要证明了朱慈在蜀地用过兵，那么就证明了他另有特殊任务。这个任务难不成就是……”

甘柠一字字道：“王子江山带不去，独留洪武银如山！”

“修建洪武银库！”萧思洁讶异道。

“若是没有军队，他如何护送银两入蜀？当时的蜀地，被各个部落盘踞啊。”

萧思洁道：“柠妈，你不是不信这个传说吗？”

甘柠没有说话，只是看着萧思洁。

萧思洁猛然醒悟，“柠妈，你是故意否认的！”

“对，我不信这个传说，这不是个传说。这是真实……我们甘家世代，承诺了要守住这个秘密，所以我否认青铜面具。青铜面具并不是孤品，朱慈在蜀地用兵，他还有一套伤痕累累的甲胄，这是一切逻辑的起点，只要青铜面具不出世，就谁也无法证明朱慈在蜀地用过兵。”

甘柠就是故意否认的，任杨涛如何考证、如何追查，她都守口如瓶。

“你是要保护朱慈的真墓所在？”

“不，朱慈真墓另有护陵人。”

“那……”

甘柠缓缓道：“我们甘家，是要守住洪武银库的秘密！”

萧思洁如闻雷轰，这洪武银库竟然是真的！

甘柠看了一眼窗外，慎重地打开了尘封的历史：“朱慈奉旨修建洪武银库，带着白花花的银子入川，蜀地部族人人眼红，朱慈身披青甲，带兵一路杀将过来，得了个‘青甲战神’的称号。洪武银库本是为明帝国储蓄余银，以备忧患，战乱之时，可以作为军饷卷土重来。燕王朱棣争位时期，明室大乱，皇宫之中的秘图焚毁，洪武银库的事，普天之下就只有朱慈自己知悉。朱慈受命于洪武大帝，自然反感朱棣与朱允炆争位[①]，这洪武银库之事，终生绝口不提。”

萧思洁奇道：“可是，朱慈既然身死，洪武银库的秘密不就应该长埋地下，无人知晓了吗？”

“朱慈真神人也，不仅能征善战，还精通奇门数术。洪武银库从选址到建造，都是他的心血，他岂会忍心长埋地下？”

“也就是说，他把线索留了下来……”

“对，至他死后，设立多处疑冢，用以保护自己的遗体和银库的秘密。而我甘家祖上，是朱慈身死之前最信任的家臣。”

萧思洁睁大了眼睛：“真是想不到，怪不得柠妈你学识如此深厚。”

“朱家世代守住真墓的秘密，除了朱家，谁都不知道银库何在。甘家世代守住银库的秘密，除了甘家，谁都不知道银库如何打开。两个秘密互相制衡，朱慈真乃神人也。”

① 洪武十三年（1380 年）燕王朱棣就藩北平。朱元璋驾崩后，传位于明惠宗朱允炆，年号建文。朱棣于建文元年（1399 年）发动政变，建文四年（1402 年）攻入南京，夺取了皇位。次年改元永乐。

“可是，柠妈，你为什么要告诉我？”萧思洁问道。

“因为我想让你去帮助忘危。”甘柠看着萧思洁，长吸一口气，“杨涛为了考证这个银库而死，忘危应当为他的父亲找到这个银库。忘危是个好孩子，他不爱财，他会很好地处理这个银库，将它用在善处。”

“可是，我该怎么帮助哥哥呢？”

甘柠指着萧思洁的肩头。萧思洁穿着一身碎花连衣裙。她身材出众，锁骨香肩本来极美，可是肩头却有一枚深深的印记。她一直没有去除这个疤痕，是因为直觉感应，这个印记会在未来的某一天，帮助他们找到当年杀死生母与杨涛的凶手。她在人前，从来不曾穿着露肩装。

“母亲，你是说这个印记？”萧思洁惊讶道。

甘柠像是用了很大的力气，才说出这个秘密，这个甘家世代承诺保守的秘密：“在朱慈第十一个疑冢里找出的扳指，是开启银库机关的钥匙。这枚扳指是磷物制成，受不得热，遇热就会燃烧。”

这枚扳指，在那个雨夜，印在了萧思洁的肩头、杨忘危的掌心。上面凸起的图形，是开启机关的密钥。扳指自燃消失了，能重塑这个扳指图案的印记，却正反两面烫在了两个孩子身上。

台灯的灯光昏黄，映得萧思洁绝美的脸庞上泛起一层光晕。此刻她终于知道，这一枚印记，成了她和杨忘危，乃至她和甘柠一生相连的印记。

萧思洁颤声道：“当年您是因为这枚印记才收养我？”

甘柠看着萧思洁，目光慈祥，充满母爱，她缓缓说道：“以前是。”

萧思洁问：“现在呢？”

“现在，你是我的女儿。”

萧思洁扑了过去，抱住甘柠，哭了起来。

甘柠摸着她的头：“傻女儿，在历史的长河面前，我们都很渺小，人一生会遇到很多人，遇到很多事，我们能成为母女，实在很幸运。当年我看到这个印记就知道，你命中注定要成为我的女儿。”

“为什么要现在告诉我？”

“傻女儿，你们当年那么小，那么多人对朱慈秘宝虎视眈眈，我对你们保密，也就是保护你们……”

萧思洁已经泣不成声，她和甘柠、杨忘危的人生因为这一枚印记走到一起，在共同经历的岁月中，有过贫困，有过饥寒，有过温暖，有过欢乐，一切生活琐事均历历在目，弥足珍贵。在这对母女的内心之中，早已将彼此当作至亲。

人和人的真挚情感，就像一道光，照亮这魑魅魍魉、光怪陆离的世间。

十九章　地下室

杨忘危此刻正站在朱宅的书房里，旁边是吓得瑟瑟发抖的朱正。杨忘危留下几个同事处理三贼，照料昏迷的朱百年，随后带着沈沛进后院查看。

朱正死活不进书房，杨忘危几乎是架着他，才让他领路，从后院进入了书房。

书房是九宫八卦的布置。各个方位的书架是一个卦符位，八个方向的书架上都摆放着琳琅满目的书。朱宅数百年的藏书，数量上稍微少些，可是若论各种海内孤本，其质量上直逼中国三大私人藏书阁。

杨忘危打开灯，白炽灯把书房照得很明亮。中式书阁的装饰总是让人有安静的感觉，一切都很正常。所有书架都在原来的位置，机关已经收起，青面的镇墓兽也消失了。

“你说看到死人了？”杨忘危问朱正。

朱正兀自发抖，不敢说话。

沈沛不耐烦：“这儿哪里有死人，你产生幻觉了吧？”

朱正颤声道：“人、人、人有小过，含容而忍之；人、人有大过，以理而谕之……”他一害怕起来，就只会背烂熟的《朱子家训》。

沈沛打断他，说道：“我的朱家大公子，你不是玩我们吧……”

“等等。”杨忘危一挥手，“你刚刚背的是什么？”

朱正朗声道：“君之所贵者，仁也。臣之所贵者，忠也。父之所贵者，慈也。子之所贵者，孝也。兄之所贵者，友也。弟之所贵者，恭也。夫之所贵者，和也。妇之所贵者，柔也。事师长贵乎礼也，交朋友贵乎信也 。”

沈沛道：“够了够了，什么之乎者也的。这小子八成是做梦了。这大宅子里，就只有这个地方稍微正常些，哪里来的死人。”

“阿沛——别说话。”杨忘危道。

只听朱正接着念道：“处世无私仇，治家无私法。勿损人而利己，勿妒贤而嫉能。勿称忿而报横逆，勿非礼而害物命。见不义之财勿取，遇合理之事则从。诗书不可不读，礼义不可不知。子孙不可不教，童仆不可不恤。斯文不可不敬，患难不可不扶。”

朱正背了一遍《朱子家训》，心神终于平静下来。他神情舒展，仿佛已经从这短短的家训之中，汲取到了强大力量，可以战胜所有的邪恶。

杨忘危侧头倾听，说道：“你背的是朱熹的《朱子家训》。”

朱正正色道：“对对，我爸爸说，要做好人，先要学会这本书。”

杨忘危琢磨着他刚刚背的内容，喃喃道："要做好人，要先学会这本书……学会这本书……"

这书房一定有问题。从他进来他就觉得哪儿不对。

他看了半天书房的摆设，所有都是那么正常，没有一丝异常之处，书桌坐吉，书柜坐凶、避横梁压顶、忌桌前望空、震宅定西北、文昌位、木主春……风水摆位是那么专业，完全符合朱百年的水准。

蓦地，一道灵光从他脑中闪过，他猛地抓住沈沛的肩膀："师弟，你刚刚说什么来着？"

沈沛吃了一惊："我说'够了够了，什么之乎者也的'。"

"不不，下一句。"

"哦，'这大宅子里，就只有这个地方稍微正常些，哪里来的死人！'"

杨忘危猛一拍手："我知道了！"

沈沛和朱正呆呆地看着他。

"我们要找的地方就在这书房之下！"杨忘危道。

沈沛道："你是如何知道的？"

杨忘危道："这宅子有什么特点？"

沈沛道："师兄，你之前说的，这宅子的风水全是逆位。"

"对，这宅子里里外外的风水摆位都是反的，这样的摆设，是为了扰乱风水师的定穴推位。"

沈沛点头认同："是啊，不然朱百年精通奇门数术，怎么会住在一个不阴不阳的宅子里。"

"你看，这朱百年所有行事，都透着一个'反'字，他大寿之日，却舞动大刀，‘为寿诞时，兵刀必凶’。他朱家并非百无禁忌，而是他以‘阴德养寿’，他朱家世代仁义，恩泽乡里，这仁安乡里乡亲，人人夸赞，宅子最好的风水，就是主人的德行。”

沈沛道：“那和这书房有什么关系？”

杨忘危道：“你刚才不是说‘这宅子只有这书房正常吗’！”

“又待如何？”

“师弟，整个宅子故意拨乱了风水摆位，是为了干扰他人推演风水之位，朱家这样做的目的，自然是为了掩盖一个巨大秘密。我给你说过了，中国古代风水之说，蕴含建筑物的空间科学，符合风水摆位的建筑物，充分从气流、风向、采光、通风等方面体现出让居住者身心舒适的感觉。这书房我们一进入就感觉舒服，那是它所有的风水摆位都是上乘设计！”

沈沛一拍头：“是啊，一进入这书房，和宅子里的其他地方感觉完全不同。”

杨忘危看着沈沛，一字字道：“独独这间书房摆位正常，你不觉得奇怪吗？”

沈沛大悟：“我明白了，师兄！”

“这和所谓的‘龙脉’是一个道理。这书房居于地面之上，极尽风水之吉相，是纯阳大吉之宅，这书房之地下，自然是埋有显贵之人！”

沈沛看着杨忘危，双目放光，杨忘危做到了，他果然找到了真墓。

“天啊，你真是天才——儿童。”

杨忘危甩了他一个爆栗，“别比了啊。”

杨忘危转过身来，盯着朱正，说道：“我最后一次问，你仔细想想，你当时在哪个位置看见了死人？你好好说，若是想起来了，我给你买很多好吃的。”

朱正歪着脑袋，走到一个书架前，“哎哟哎哟，别打我，别打我。”他双手乱舞，模仿着朱彪打他的情景。在朱正西南方的书架上，有一个瓷瓶，上面的灰尘被人抹过。

这个细节哪里躲得过杨忘危的眼睛，他已经知晓了一切，他大步走过去，伸手触动那个瓷瓶。

“咔咔咔——”书架转动起来。

“啊！死人！”朱正吓出了尿，猛地向后急奔，扑入沈沛怀中——那具风化的青面蜡人出现了。

“这是蜡像啊大哥！”

“不不，这不是，这不是！”

沈沛真是无语了，大喊道：“你睁开眼睛好好看下！”

朱正用手蒙着双眼，口中又念起《朱子家训》。

杨忘危道：“既然朱正没有说谎，那么这个机关刚才就是打开过。”

沈沛道：“那么它为什么现在是关着的呢？”

杨忘危看着机关，猛然惊醒：“已经有人进过墓了！”

“在朱正、朱彪离开之后，有人进过书房！并且破解了入口的秘密。”

那么入口在哪里?

必须赶快破解，不然就被贼人捷足先登了!

杨忘危收敛心神，走到书房中央，凝视着青面蜡像。那蜡像说不出的诡异，他鼻中忽然嗅到一缕淡淡檀香。

朱正兀自背诵着《朱子家训》。

杨忘危猛一抬头，看见一幅红木框裱的名家书法。这幅书法作品笔力深厚，抄录的正是《朱子家训》。

“我明白了!”杨忘危大喜，“要做好人，就要先学会这本书，这本《朱子家训》。这幅书法所摆放的位置，是整个书房八卦的乾位。朱老夫子的这本家训，正是乾坤昭昭、正气浩荡!”

原来谜底就挂在眼前。

他大步走了过去，正对悬挂书法的那面书架，他走到底，果然看见众多线装书籍之中，有一本破旧的《朱子家训》。

“朱正，你才是破解谜题的关键啊。”

这本旧书躺在书架之上。

杨忘危屏住呼吸，这本书一定是不能取下来的。

杨忘危轻轻旋转这本书。

铰链的声音响起。

“三千蜀地破雄关，金龙青甲在云天。”

杨忘危心中惴惴，已经有人先进去了，到底他能不能阻止这一场跨越六十年之久的惊天盗案?

青面蜡像背后的书架向两边展开，一道暗门显现出来。杨忘危知道，他即将打开西蜀一个尘封的时代。

二十章　尘封

杨忘危打亮警用手电，和沈沛在甬道里穿行。那甬道极其狭窄，只容一人通行。他二人一前一后，轻声向里走去。

手电照射之处，竟然不见光线反射，足见这甬道之深。他二人走了约莫十五分钟后，感觉甬道坡度向下，地面有碎石粒。果然有人来过。

杨忘危和沈沛掏出手枪，一手拿着手电，一手持枪，快步移动。

"这甬道到底通向哪儿？"沈沛问道。

这甬道实在太长，直入地底。

也不知走了多久，在甬道里压抑过久，他二人心烦气躁。突然，手电强光反射了回来，像是照到了石壁之类的东西。

杨忘危小声道："小心。"

沈沛额上已是汗珠密布。

连环疑冢案的嫌疑人说不定就在前面。

"对了，危哥，你是如何知道曲三不是连环疑冢案的嫌疑人的？"沈沛一直没有来得及问。

不管如何，真相即将揭晓。朱慈真墓就在眼前。这从考古和文物研究来说，都将是一个惊天发现。

沈沛小声道："会不会有什么致命机关？"

"扯淡，盗墓电影看多了！"杨忘危道。

他二人凝神静气，继续往里走，心中闪过无数个想象中的场景。朱慈贵为王弟，按照墓葬级别，规模必大，而且他奉有朱元璋密旨，足见深得父亲喜爱信任，陪葬珍贵之物想必不少。

之前的连环疑冢案，嫌疑人手段高超，连开了几个疑冢，都无功而返，这一次终于锁定了目标。杨忘危之前对嫌疑人做过犯罪心理刻画，对嫌疑人有了侧写认识。

"这甬道里，只有进入的痕迹，没有出去的痕迹。"二人心跳加速，担心起来，有人捷足先登了，真怕下一刻看见的，是被破坏得乱七八糟的墓室。这不仅是朱慈的灾难，文物属于全中国人，盗墓犯罪最恶劣的影响，是对考古事业的破坏，是国人历史的灾难。

这人在盗墓圈内资格极深，或许下一刻，就要在墓室里和他照面，这势必又是一场硬仗。

甬道终于走到了头，二人从压抑感中解脱出来，心中稍稍畅快。这墓室宽大得很，静得吓人，先前的闯入者已经不知所终。

手电像一把光剑，把整个墓室扫了一遍，墓室的面积很大，层高约有六米。

杨忘危抬头看去，石顶上刻印着五行风水图，左右两根巨大的横梁固定着墓室两侧的石壁，石壁之上，漆彩画着各种瑞兽祥云，横梁中间吊下四根很粗的铁绳，将一座巨大的汉白玉石棺悬于房间的正中，离地半米左右，看上去神秘而庄严。

二人长舒一口气，幸好没有出现墓室被破坏得乱七八糟的景象。

杨忘危抬起头来，只见石棺之上，刻有一个青铜面具的图案。

“朱慈真身！”沈沛禁不住一声惊呼。

杨忘危侧过脑袋，感觉到了一丝不易察觉的风吹来。

沈沛激动道：“这石棺里，莫不就是那青铜甲胄！”

他转过头，忽然发现杨忘危的脸色很阴沉。

“危哥，怎么了？”

杨忘危看着他，说道：“哎，果然有人捷足先登了。这墓室背后另有出路。”

沈沛道：“可是这墓室并没有被破坏的痕迹。”

杨忘危道：“还记得之前的连环疑冢案吗？嫌疑人就是直奔朱慈真身而来。”

沈沛道：“记得，你说过，从连续几个现场，可以刻画这个嫌疑人的特征。”

杨忘危回忆前面几起疑冢案，缓缓道：“之前的连环疑冢，从被盗案现场来看，这个人爱好整洁、有身份，从开墓手法来看，手艺精湛，而且目标明确……这人开穴利落，土层破坏极小，手法又狠又快。从选点的眼光来看，精通墓葬风水，从出入的脚印痕迹来看，他几乎是直奔而来，没有任何犹豫和选择，可见选取路线的技艺纯熟……现场四角发现他点的祝融灯，用以辨别墓内空气成分，极其专业……他自持身份，发现是疑冢后，不愿带走半点泥土，又将鞋擦净，随手抛下鞋布……”

他做了总结：“这样的人，简直视盗墓为技术，甚至是艺术，他只取朱慈真身，却绝不会破坏不相干的墓葬设施。这一点，和曲满江那群粗暴的人截然不同！”

这人的技法可比曲满江优雅多了。这样的人，也比曲满江难抓多了。

沈沛道：“况且，曲满江是在马三摆告知其朱慈真墓之后，才前往仁安，所以曲满江并不是连环疑冢案的嫌疑人？”

“对。”

沈沛道：“真的嫌疑人已经来过这个墓穴，岂不是……”

“通知文物专家进来，马上对石棺进行勘探，那价值连城的青铜甲胄，想必已经从朱慈真身上脱了下来，被他带走了。”

沈沛不甘道：“折腾了一夜，难道我们就没有办法了吗？只能任他逍遥法外？”

杨忘危走到朱慈石棺之前，悠悠道：“见不义之财勿取，遇合理之事则从。守我之分者，礼也；听我之命者，天也。人能如是，天必相之。”

沈沛看着他：危哥受不了打击，脑子跟朱正一样，傻了？

杨忘危忽然转头神秘一笑：“知道这《朱子家训》的核

心意思是什么吗？”

沈沛摇头。

杨忘危看着沈沛，一字字道：“天行有道，正气浩荡。”

二十一章　正气浩荡

徐莲从暗门里钻出来的时候，天已见晨曦。她好整以暇地整理了自己的头发，擦干净鞋上的泥土灰尘。她辨明方向，此刻她正在朱宅向北的一座小山丘上，一眼望去，只见一条碧绿的巫江蜿蜒而去，晨曦之下，江面泛起波光，像是铺了一层金光闪闪的黄金一般。

她迎着初升的阳光，脸上泛起一阵满足、惬意。她一边向山丘下走去，一边盘起头发，形象气质和之前的哑巴保姆完全不同。

她拿出手机，拨出电话："得手了。"她的声音悦耳而清脆。

电话那头热闹非凡，"恭喜！恭喜！"

"你在哪？"

徐莲用手机发出一个定位。

徐莲疾步向山丘下走去，五百米处就是通往锦城的省道。一辆黑色商务车疾驰而来。

素有陆地头等舱之称的奔驰 R 级商务车在徐莲面前停下，两位身材窈窕的美女走了出来。

她们向徐莲鞠躬："老大好！"

徐莲一挥手，美女捧起一件藏青色的长款巴宝莉风衣，还有徐莲最喜欢的Gucci墨镜。徐莲微微仰起了头，似乎头上戴着一顶熠熠生辉的皇冠。

徐莲换了衣服后，形象气质立变，性感中带着知性，柔美中带着刚劲，时尚周刊的封面美女也比不上她的气质。她将背包递给侍女，在簇拥下上了车。

这背包沉重异常。

商务车快速沿着省道疾驰。

一名女子道："老大亲自出手，这普天下的宝物，都如探囊取物。"

徐莲道："朱慈真乃神人也，用朱宅掩盖风水，还将随身物品分葬十二疑冢。青铜面具虽然流失海外，可是这甲胄终于还是落入我手中。"

"老大精通奇门数术，这些把戏如何能阻挡你。"

徐莲长长叹了一口气："真没想到，那傻子朱正日日背诵的《朱子家训》，竟然就是破解谜题的关键。"

徐莲先杨忘危一步进入书房，她沉思多时，终于注意到那幅抄录《朱子家训》的书法作品。徐莲细细思量，朱百年为朱慈护陵，如今已是古稀之年，纵观他一生，虽居于凶宅之中，但以德行养风水，必福报绵绵。待他去世之后，这宅子自然要传给朱正。朱正心地淳朴，宅心仁厚，脑子却不好使，这宅子的秘密，朱百年如何才能传给他？

徐莲将心比心，终于推测到朱百年日夜让朱正背诵的，是护陵人的秘密，也就是朱慈墓入口的机关所在。

她潜入朱家，本为打探朱慈真墓的消息。她夜里出没，在仁安周边连续开了几个疑冢，无功而返，不想这真墓竟然就在她天天往返的朱宅底下，而提示打开机关的关键竟然就是朱正日日背诵的家训。

她想起这阵子和朱正相处亲热，脸上竟然泛起红晕。

“朱家丢了青铜甲胄，朱正想必也不用守着宅子了。可是，他一个傻子，不守着宅子，以后又能做什么……”徐莲有些疲倦了，仰起头靠在车椅上。

“不好，老大！”徐莲问道：“怎么了？”

司机道：“老大，前面有路障！”只见前面是一排路障，警灯在不停闪烁。

徐莲定了定神，怎么可能，这条路线是她千挑万选的，算准了决计不会引人注目。

徐莲斩钉截铁道：“冲过去！”

商务车闯了过去。三角堆被撞得乱飞。

“啪——”枪响了。

商务车的轮胎被打爆。司机急打方向盘，一声凌厉的刹车声过后，商务车靠着路边停了下来，车里诸人被甩倒。

“别动！别动！”

一群荷枪实弹的特警冲了出来，将商务车围住。郑兆易带领锦城、仁安两地的文保干警走了出来。朱慈墓案已经成为由省公安厅统筹锦城、仁安两地联合作战攻坚的要案。

只听喊话器里洪亮的声音喊道：“车里的人立刻放弃

抵抗！”

徐莲怎么也想不明白，自己的行踪是如何暴露的。

警笛大作，徐莲等人被迅速带走。郑兆易拨通电话：“你小子怎么回事，电话一直无法接通？”

电话那头的杨忘危像是刚从土里钻出来，长长呼吸了一口，说道：“这不能怪我啊，电信网络没有普及到地底下啊！”

“你所料不错，我们已经在仁安省道上截获嫌疑人。你马上过来见我。”

“是！”杨忘危道。他刚刚沿着徐莲走过的墓室后门壁道，走出地面，走上了山丘。

沈沛也钻了出来，骤见天日，眼睛一时不能适应，回想刚才在墓室里的场景，真是恍若隔世。

杨忘危道：“我说，这人啊，还是活着好。”

沈沛道：“对，再高贵的墓，我也住不惯！”

连环疑冢案终于告破，警方长期通缉的曲满江、牛大、牛二也落入法网。他师兄弟二人困倦来袭，四仰八叉地躺在地上，鼻中嗅到泥土的芬芳。

“危哥，这泥土好香。”

“快去郑局那儿报到吧，当心晚了叫你吃土。”

阳光终于照亮巫江南镇的所有角落，朱宅重新焕发着生机。

审讯室里。

杨忘危和徐莲正对而坐。

“老乡你好。”杨忘危先开口。

徐莲气质高冷，说道：“原来你是警察。”

“原来你不是哑巴。”

“你早就该知道我不是哑巴了。”

“不，直到此刻，我才知道你不是哑巴。一个女人，乔装改扮，潜入朱家，刺探朱家的秘密……徐女士，不，应该是欧阳女士，你不愧是仁安六盗之首。”

“徐莲”不过是化名，她就是仁安六盗之首的欧阳丹。

欧阳丹道：“成王败寇，我没什么好说的。你是什么时候织的网？”

杨忘危一笑：“就在我离开你的江湖菜夜宵店之后。只要我让人盯住这个堂口，就总会盯住前来接应你的同伙。”

“根据之前的几次现场情况来看，你对选择进入作案现场路线和退出作案现场的路线，很有一套。如果我是你，我一定会选择这条不起眼，但能最快离开仁安的省道。”

他顿了一顿，说道：“这叫犯罪地理热点追踪。”

欧阳丹不解：“你从那个时候就开始怀疑我？”

“对。”

欧阳丹想不明白，一脸不甘。

杨忘危拿出一张现场照片：“这张擦鞋布。”

“哦？”

“在之前的疑冢被盗案中，这个盗墓贼好整洁、自视高、有身份，曲满江、牛大、牛二根本不具备这样的条件，这就说明在他们之外，还有人盯上了朱家，而且这个人可能是女人。”

欧阳丹冷笑道：“那也不能怀疑上我啊。”

“你的江湖菜夜宵店，实际上就是你向同伙传递接应信息的地方。”

“夜宵店有破绽吗？”

杨忘危看着欧阳丹，一字字道：“你的夜宵店没有破绽，可是你有！”

他的目光落在欧阳丹的双手上。

欧阳丹看着自己的手，这是一双修长、温润的手。

杨忘危道：“你的手保养得太好了。作为一个经常下厨的人，双手长期接触油辣子，怎么可能这个样子？”

欧阳丹道：“就、就因为这个？”

杨忘危道：“现在抓贼拿赃，你还有什么话说？”

欧阳丹低下头，说出一句令杨忘危意想不到的话：“杨警官，别把甲胄还给朱家。”

“嗯？”

“甲胄还给朱家，朱正就得一辈子守着这个宅子，像是画地为牢……”

杨忘危长叹一口气：“这个你放心。出土文物，按照国家法律规定，会有相应的处理方式。画地为牢的，是人的贪念。这天底下的道理，朱正比你看得更加透彻！”

他随手甩给欧阳丹一本《朱子家训》。

“见不义之财勿取，遇合理之事则从。诗书不可不读，礼义不可不知。勿以善小而不为，勿以恶小而为之。”

欧阳丹神色复杂地默念两遍："见不义之财勿取，遇合理之事则从……勿以善小而不为，勿以恶小而为之。"

她语声渐小，几不可闻。

二十二章　告白

“放下枪！你跑不了！”杨涛持枪与一名匪徒对峙。“我不想坐牢！有种你开枪啊！”匪徒以一名小女孩作为人质威胁。

“砰——”枪响了。

“啊——”杨忘危再一次从噩梦中醒来。

他已经睡在西川大学教师宿舍、他自己的小小房间里。他昨天回来倒头就睡，朱慈真墓找到了，连环疑冢案破了，曲满江也抓了，可是他却喜悦不起来。曲满江不是盗圣。他的生物信息和当年提取的盗圣信息完全不匹配。

他昨日回来，甘柠和萧思洁已经睡了。唐少川昨天约了萧思洁看电影，萧思洁回得稍晚些，由于杨忘危事先打了电话说要回家，萧思洁给他留了一盏灯。

杨忘危开门的时候，觉得无比温暖。

萧思洁做好早餐，招呼杨忘危和甘柠吃饭。

杨忘危穿好衣服开始洗漱。

杨忘危见到甘柠，说道：“妈，朱慈真墓找到了。”

甘柠道：“案子破了吗？”

杨忘危道："疑冢案是破了。可是……当年的案子，线索断了。"

甘柠不说话，吃着萧思洁端上来的早点。

杨忘危接着道："朱慈墓的考古工作就这两天启动，省里会组织一批专家组成工作组，到时候肯定会来邀请您。"

"邀请我？我可是从来都否认朱慈墓葬的。"甘柠笑道。

"你是否认朱慈墓葬和金龙青甲的关系，你可不是否认朱慈墓葬，既然这个世上有过朱慈其人，人总有一死，人死了自然就有墓葬。"

"我今天上午没课，陪我去转转。"

甘柠转头，看着萧思洁，"思洁，你也去。"

"我要试戏……好吧，我给唐少川说一声。"

杨忘危问："妈，你要去哪儿？"

"你刚才不是说了吗？"

杨忘危摸不着头脑："我刚才说什么了？"

"你说省里组织专家组，对朱慈墓进行考古。"

"嗯？"

"昨天深夜，我就接到通知了。"

杨忘危打趣道："这考古专家都是晚上活动啊？"

甘柠道："别贫嘴，这次通知到的都是研究明代历史、文物的顶级专家，有的还是我的前辈。"

萧思洁甜甜笑道："妈，要论学识和为人，你才是顶级专家。你这样的专家，才是他们抬着轿子也请不动的。"

甘柠道："我不想和他们坐一趟车，你们俩陪我过去吧。"

杨忘危吃了两口面条："什么时候动身？"

"马上。"

从锦城去往仁安，车程不远，可是甘柠向来不喜乘车，好在萧思洁一路陪她有说有笑，这才分散了她的不适。

"妈，这甲胄出土，是否会对你的学术观点带来挑战啊？"杨忘危问。

甘柠道："学术研究本来就是一个不断挑战和论证的过程。"

萧思洁道："哥，你别得意，这甲胄啊，还须柠妈的法眼鉴定。"

甘柠悠然道："你爸爸不光博学精深，还聪明过人，他早就推断了，朱慈之墓，必多疑冢，他最珍贵的青铜甲胄，必在真墓真身之上，而民间传言的洪武银库的地图，只可能在真墓之中。"

"这么说，爸爸一开始就是对的。"

"马三摆知晓这些，是因为他的祖上六十年前为一名盗墓贼走私青铜面具，那名盗贼是碰巧在一处疑冢之中，掘到了青铜面具。'仁安四家，甘朱马杨'。马家虽然心术不正，可是学问却是有的，只是几代人的研究，才抵得上你爸爸数年的考证。你爸爸对考古、历史兴趣浓厚，天资又高，对这个行业里的各种门路都了然。他在世的时候，专司打击文物、盗墓犯罪，于国家，于民族，于历史，都是有功的。我只后悔当初为什么要和他争个对错。本来错的就是我，我该好好辅佐他……"

“妈，我还是第一次听你这么称赞爸爸。”杨忘危内心知道，甘柠是怎样一个要强的女人。

甘柠长叹一口气，就在昨日，她已经告诉了萧思洁，有关她肩头印记的秘密。甘柠内心比任何人都清楚朱慈秘宝和洪武银库的真实性，可是她却必须否认。她内心对丈夫杨涛佩服无比，杨涛的研究，几乎揭开了洪武银库的真相。

“忘危，有些事情，可能我须先告诉你。”

“妈，我听着。”

“我给你讲一个甘家的秘密吧……”

甘柠讲出了甘家守护的秘密，那枚印记对应的扳指是朱慈疑冢中出土之物。可以证实的是，二十年前的雨夜，盗圣是在盗掘朱慈之墓，不过他发掘的，并不是真墓，而是第十一处疑冢。在这处疑冢之中，出土了朱慈的扳指。

根据甘家世代相传，这枚扳指是洪武银库的钥匙。中国古代的机关学与建筑学非常发达，有些精工巧技，现今已经失传，想来这枚扳指，正是一种精巧的锁艺，洪武银库的大门之上，必然对应着这枚扳指的凹槽。

杨忘危随即醒悟：朱慈共设有十二处墓，这第十一处疑冢既然藏有如此重要的东西，那么疑冢本身就不可能设计得过于浅显，如果说朱宅之下藏着的真墓是藏墓技术的顶级之作，那么第十一处疑冢必然也具有高超的隐藏技术。这处疑冢必定隐之又隐，除了父亲杨涛和盗圣这样的高人之外，旁人哪里能找到。怪不得，当年案发之后，郑兆易广撒警力，却没有找到仁安附近有任何掘土的痕迹，当时就有人传说这墓凭空消失了，从而让这起盗墓杀警案蒙上一层诡异的色彩。

既然盗圣确实是在进行现行犯罪，那么杨涛就确实接到了真实线报。这也印证了之前杨忘危推理的线人魏立伟所传情报系真，他身份暴露，被人灭口的可能性极大。

杨忘危看了看掌心的印记，又斜眼偷偷看了一眼萧思洁。山间的清风正透过半开的车窗吹进来，吹散了她的头发。她皮肤白皙，五官精致，神情充满着天真和憧憬。她就像一个透明剔透的玻璃杯里盛装着的牛奶，纯洁而美好。

收音机里播放着无印良品的老歌《掌心》。品冠温暖的男中音唱着："摊开你的掌心，让我看看你，玄之又玄的秘密……"

"若是盗圣案不破，这个印记会连接我和思洁一生吧。"杨忘危心想。他看着萧思洁，她好像从来没有穿过露肩装。不过，她不需要任何华丽的装扮，真正的美丽是从容和自信，是由内而外的对生活的热爱。这样的人，才有阳光明媚的笑容。

他掌心的印记是一个圆形，正是扳指的直径，在圆形图案的线条上，印出一个细小的印记，这个印记，当年于洪一提取过，是一个金龙的记号。当年这枚扳指的正面烫在他的掌心，反面烫在萧思洁肩头，如果把他和她的印记同时描绘下来，合拢一处，就能重塑一个这样的扳指钥匙。

洪武银库的传说原来是真的。

杨忘危的心情久久不能平静。他看着萧思洁，命运的奇妙，把两个毫不相关的人连接在了一起。

如果不是被扳指烫伤，甘柠当时也不会收养萧思洁，他俩也不会共同度过那么多温暖时光。这世间的情缘流转，真是命中注定。杨忘危看萧思洁的时候，萧思洁也在看杨忘危，想来也是一般心思。

二人心中似有感应，一种莫名的情愫涌了上来，脸上同时一红。杨忘危率先转过头，他望向仁安乡间大片大片的麦穗，一望无际的绚烂。他自语道：“搞什么啊，这越来越像韩剧了！”

三人抵达仁安的时候，省里组织的专家组都到了。杨忘危抵达巫江南镇的时候，郑兆易已经开始接见省里派来的专家组，这些人里面有的是明史专家，有的是考古界泰斗，还有熟悉的老面孔于洪一，他这些年消瘦了，但精神面貌一直很好。他穿着老旧的棕色夹克，戴着金丝眼镜，一副斯文学究的样子。熟悉他的人都知道，他不光是物证鉴定的顶级专家，还是一个文物鉴定专家，现在是西川文物局特聘的首席专家。

他和杨涛、郑兆易三人友情很深。他和杨涛都是一样的博学。

但凡才智高超之士，多半不会仅仅囿于自己的本行领域，而对旁学多有涉猎，但也只有才智绝顶之人，才能将自己的兴趣爱好和本行领域结合得天衣无缝。

比如杨涛，热爱考古文物，就将这个业余爱好发挥得淋漓尽致，并结合文保警察这一本行，衍生出强大的战斗力。

又比如于洪一，不仅在物证鉴定领域出类拔萃，还将鉴定的诸多理论实践应用于文物鉴定领域，使得自己跻身两大鉴定领域的专家之列。

“都是人杰啊！”郑兆易看着于洪一，想起了当年的杨涛，他们三人年轻时经常在仁安共饮而醉。

见面会在仁安公安局的会议室里举行。郑兆易率队接待省文物专家小组，这小组一共六人，几乎代表了明史考古圈顶级的水平。这些专家一碰面就争论不休，谁也不服谁。

如此争论下去，实在不利推进后续工作。郑兆易赶紧安排专家在会议室就座，会议室不大，两排长方的桌子，一面坐着郑兆易等办案人员，一面是给专家组的位置，在会议桌的中间空出了一个首座。这些专家们都是各自行业里的翘楚，可是均不约而同地将首座空出。这首席之位，谁坐了，自然是本小组的首席专家。

郑兆易诚意邀请诸人坐首座，“高老爷子是明代文物研究泰斗，该做首席才是。”

七十高龄的高教授摆手推辞：“不敢不敢，我不过多活了几岁，如何敢称‘泰斗’二字。”

“罗教授，您是西川蜀地考古专家，在海内外都享有盛誉，您来做首席。”

“要不得，要不得。”罗教授操着一口西川话，脑袋晃得直如拨浪鼓。

“刘教授，您上月代表中国在国际鉴定论证大会上发表高质量学术报告，是中国学人代表、国人骄傲，您来做首席！”

刘教授微微笑道："论资历我不如在座各位，论学识我还差得远，我还是高教授的学生，怎么敢造次。"

郑兆易又连邀余下诸人，诸人俱是连连摆手。郑兆易大惑不解，转头问于洪一："老于，请你上座？"

于洪一笑道："老郑，你难道没有看出诸位都在等候某位重要人士？此人不到，这学术圈子里谁敢坐首座？"

郑兆易脑子想破也没明白，他所熟知的考古专家、教授里，论资历还有谁能超过高教授，论造诣谁能盖过罗教授，论名气又有谁能压过国际新星刘教授。

刚才还争论不休，谁也不服谁，正是应了那句古话：文无第一，武无第二，怎的画风突变，诸人都谦虚得吓人。此人不到，这学术圈子里谁敢坐首座？谁有这么高地位？

郑兆易吩咐身旁的赵晴晴："把省文物局的专家名单给我再看看。"

赵晴晴拿来专家名单。一个熟悉的名字映入眼帘。

与此同时，一个和善、平静的女声从门外传来："不好意思，我来迟了些。"

来的不是别人，正是杨忘危之母甘柠。

令诸位专家不敢相争的，正是甘柠。甘柠径直往中间的首座坐了下去，她根本就不知道首座的意思。她于人情世故知之甚少，见中间只有一个空位，自然而然地就坐了下去。她一生都扑在学术研究和两个孩子之上，但她的学术造诣，却令在场任何人都要给她让位。

郑兆易和于洪一心中暗自赞叹："这才是大宗师。"

萧思洁以甘柠助手的身份坐在末位，杨忘危坐在警方一边，郑兆易宣布会议开始。

郑兆易先是通报了连环盗墓案的破案情况，然后表明态度，希望专家们能指导仁安当地的文物考古部门，对连续被盗的几处疑冢和朱宅下面的陵墓进行考古研究，当然，对于公安侦破文物案件来说，搞清楚被盗墓穴和被毁、被盗文物的价值，是案件定罪量刑的重要问题。

专家们不约而同地看着甘柠，甘柠实在不会什么套话，也没有表示“我很荣幸能参与本次考古工作”云云，她沉吟半晌，说了五个字：“那就开始吧。”

朱慈墓的考古工作开始了，固执的朱百年寻死觅活不让人动他的宅子。和历史上诸多争论一样，守旧和立新向来是一对不容易调和的矛盾。当日早晨，朱百年从医院病房翻身起来，穿好衣服，快步走到朱宅门口，就地坐下，声称谁要是动他的宅子，就从他尸体上踩过去。他在当地声望又高，警方一时没有办法。

郑兆易亲自出马，费了大力气，一定要谈下朱百年，文物是国家的。可是朱百年说，文物虽然是国家的，可宅子是朱家的。于是郑兆易给朱正和罗老太做了思想工作，三人一同去和朱百年谈。

罗老太和朱百年交谈足足一小时之久，朱百年的思想才稍稍有些松懈。罗老太看着朱正：“孩子，你要走出这个宅子，才是你自己的人生。”

朱正似懂非懂，却问道：“莲姐哪里去了？”

朱百年听着母子对话，沉默不语，这个历经百年的承诺，守得太久，他朱家已经不堪重负。

郑兆易在给他做思想工作的时候说："朱正还年轻，他有选择的权利，凭什么要限制他守着这个宅子？"

朱百年说："朱正离开这个宅子，又能做什么？他什么都不懂。"

郑兆易道："你错了，朱正懂的道理，强过很多人。"

一个人若是纯粹而简单，那么他能领会的东西，比任何复杂世俗的人都多。

甘柠抵达现场后，和朱百年有过一次谈话。谈话的内容没有任何人知晓。郑兆易特许他们二人谈话可以不被任何人打扰。甘家先祖是朱慈当年最信任的家臣，而朱家先祖是朱慈近亲，所以才被选做护陵人。

仁安四家，甘朱马杨。杨家已经退出数术圈子，马家沦为盗墓帮凶，朱家仍然守着朱慈的密令，而甘家已经另有打算。

甘柠不善言辞，直接传递给朱百年一个有效信息："时代过去了，你保护不了朱慈真墓。"

"那么，谁能保护朱慈真墓？"朱百年看着甘柠。

甘、朱两家的传人终于走到了历史性的相对时刻。

甘柠给出答案，只有国家才能保护文物。

朱百年逐渐放弃了抵抗，离开之前告诉杨忘危："年轻人，谢谢你……"也不知他是谢谢杨忘危解脱了他，还是谢谢杨忘危打击了曲三那帮可恶的盗墓贼。

考古活动终于开始了，从早上一直持续到晚上。当仁安的天空中繁星密布时，甘柠等人仍然没有从朱宅的地下退出来。六名专家，带着若干仁安文物部门的工作人员，以一种雀跃的态度，在朱慈真墓里考古。杨忘危惊奇地发现，这些专家教授此刻的神情竟然如同孩子般欣喜。没有什么比见证历史的真相更让人心神激荡，考古的迷人魅力就在于此。

七十高龄的高教授不由得发出感慨，这是近百年来的重大历史发现。朱慈贵为亲王，代表着明代王侯墓葬的所有特征，同时，朱慈墓葬内的陪葬物和文字，更是进一步揭开了西蜀王国的官制、农业、经济、文化等方面的历史状况。

考古工作进行了很长时间，出土文物被一件件精心处理，在陈列室整齐地摆放好，朱慈墓葬的出土文物之多，真是令人瞠目结舌。六位专家逐一对文物进行初步检视，不知不觉间已是深夜。

萧思洁对考古一道丝毫不懂，待甘柠领着考古人员进入陈列室开始检视文物，便独自走了出去。

巫江南镇这些年深度开发旅游产业，景色可媲美江南水乡，夜晚更是极美。此时河风清凉，让人倦意全消。萧思洁信步走到风雨桥边，桥下是穿镇而过的巫江，岸边停靠着两只简陋的乌篷船。萧思洁坐在桥头，发了一会儿呆。她心中所思，却是当年在西川大学的操场上，杨忘危高考前夕，信誓旦旦地说会一辈子保护甘柠和她。杨忘危勇敢、刚毅、博学、善良，却一直都有心魔。萧思洁将手放在肩头，那个雨夜的惊心动魄又浮现在眼前。她做梦都想找到凶手，可是她的力量有限，只能寄望于杨忘危。或许她自己都不知道，她的内心深处，一直依赖着杨忘危。

现在又不一样了，甘柠告诉她，她肩头的印记是洪武银库的秘密，她忽然觉得自己一定能帮助杨忘危。一想到自己能和杨忘危并肩作战，她心中涌起一分甜意，随即生出无限的勇气。这种感受和唐少川陪在她身边的时候完全不同。

“外边风大。”

萧思洁不用转头，也听出是杨忘危来了。

“怎么了，丫头，心事重重，和男朋友吵架啦？”

萧思洁没好气道：“他不是我男朋友。”

杨忘危一时不知该如何接话。

萧思洁又道：“哥，你破获大案，找到朱慈真墓，怎的没有半分喜悦？”

杨忘危沉吟半晌：“其实，一直以来，我以为我能冷静、理智地判断任何事情，直到和曲满江对峙的时候，我才发现自己内心藏着一头魔鬼。”

“魔鬼？”

“我这些年不要命地工作，拼命打击文物犯罪，不放过任何一丝关于‘盗圣’的线索，可能自己都不知道，自己几乎已经成魔。”

萧思洁心疼道：“我知道你经常做噩梦，经常头疼……我们都希望能破案，却都不希望你心中抱有仇恨，这二者是截然不同的。抱有仇恨，你并不快乐。”

萧思洁顿了一顿，说道：“一个人，如果有了执念，就不可能把世事看得太清楚，会忽略很多重要的东西。柠妈的心思，你难道不清楚吗？只要你开开心心、平平安安，她就放心啦。走不出来的是你自己。”

“走不出来的是你自己……”杨忘危默默念了两遍这句话。

萧思洁道：“救赎的钥匙就在你自己手中，你要直面自己的内心！最重要的就是我们还在一起，能在一个饭桌上有说有笑。”

杨忘危道：“那你直面你的内心了吗？”他问出了他和萧思洁之间最尴尬的问题。

萧思洁一愣。直面内心，本来就是一个严酷的话题。

杨忘危道：“丫头，你终会离开我们的，你终会找到自己的幸福，你会嫁人，你会有新的家庭……嗯，但是不管你在世界上的哪个地方，我都会保护你。”

这一刻，萧思洁终于明白自己为什么会对唐少川如此摇摆不定，她一直在逃避对杨忘危的情感，她是个演员，每天都在用演技逃避自己的内心。

萧思洁像是鼓起了全部勇气，看着杨忘危，说道：“不，我不会离开你。”

她握住了杨忘危的手，忽然有了莫大的勇气来直面内心。此刻，河风幽幽，吹起了萧思洁的秀发，她娉婷而立，像一株盛开的百合花。

杨忘危什么都不用说了，他已经明白了自己的心，也明白了萧思洁的心。

有些话，不说出来，就永远无法明白。

有些话，却不用说出来，都能感应到。

这普天下的情感，都遵循一个规律，看似越平淡、越波澜不惊，就越深沉、越澎湃。从二十年的那个雨夜，两人的命运就被连接在了一起，内心深处早就灵魂做伴，并肩同行。

杨忘危握着萧思洁的手，古镇宁静秀美，水流潺潺有情，就在昨日，他和曲满江斗勇，和欧阳丹斗智，在朱宅里找墓，哪一件都不是欢快明媚的事，他从未注意到这个古镇的美丽。

良久，杨忘危终于开口说道："我以往的生活，查案、报仇，报仇、查案，永远只有两个主题。不是在和梦魇做斗争，就是在和盗墓犯罪做斗争，哪一样，都是晦暗的颜色。"

萧思洁笑道："我是不是就像一道光？"

"对，我此刻像春天般灿烂。"杨忘危道。在这个夜风清凉的小镇夜晚，他终于感受到了阳光般的灿烂，他只盼这个夜晚成为永夜，不要过去。

"哥，如果找到了洪武银库，你打算怎么处理？"萧思洁道。

若在之前，杨忘危必定回答："用洪武银库钓出盗圣。"但此刻的他，已经从自己的心魔中解脱出来。

"如果是我父亲，他会如何处理？"

"杨爸不仅是一名考古学爱好者、专家，更是一名忠于职守的警察！"

杨忘危道："对！这就够了。我父亲会如何处理，我就会如何处理，文物永远属于国家，属于全体中国人。"

杨忘危问："唐少川那边怎么办？"

萧思洁笑道："我会向他说清楚的。有些话，还是当面说的好！"

"哎呀，还有沈沛呢，思洁，你追求者这么多，我以后可应付不来。"

萧思洁道："我还怕你将来当了领导，有一群制服迷妹呢！"

二人笑了起来。一声电话响，打断了属于二人的时光。杨忘危接起来，是郑兆易的声音。

"怎么了？"萧思洁问。

杨忘危一脸疑惑，像是在思考什么极难之事。

萧思洁又问："是什么地方出问题了吗？"

"就在刚才，六位专家对所有出土文物进行了检视，由于仁安朱家世代护陵，朱慈真墓没有被盗掘，里面的文物非常珍贵，也保护得很好。"

"那有什么问题？"

杨忘危说出一句让萧思洁惊呆的话，"可是，朱慈真身上的金龙青甲，却是假的。"

二十三章　峰回路转

郑兆易铁青着脸，重复问了一遍："你们没有搞错吧？"

在场所有教授脸上都是不甘心的表情，他们看向甘柠，仿佛甘柠是最后一根救命的稻草。他们多希望甲胄是真的。

甘柠沉默了一会儿，说道："甲胄是假的。"

"你是如何认定的？"郑兆易问。

甘柠道："我说它是假的，决计不会看错。余下五位专家莫非不是和我一样的见解？"

"哎……"高教授长叹一口气。其他人的失望神色已经说明了这个观点。

"我实在没有搞懂，为什么独独这具甲胄是假的。"罗教授说道。

于洪一道："可是，这个墓里，其余所有文物都是真的啊。"

刘教授道："这甲胄的的确确是一个仿制品，它是现代工艺生产出来的东西。"

朱慈真墓的考古遇到了如此蹊跷的事情，到底哪个环节出了问题？

郑兆易怀疑道："在抓捕欧阳丹之前，甲胄就已经被调包了？"这甲胄的价值几乎等于朱慈墓葬所有出土文物之和。更不用说，甲胄背后还有个扑朔迷离的洪武银库。这可是重大文物失窃案。

"马上集合，重新讨论案情，安排一组精干力量审讯欧阳丹！"

"沈沛，送几位专家先回住处休息。"

"思洁，你陪妈去。"杨忘危道。

"不，我陪着你。我不影响你办案。"

"那你在外边等我。"

案件峰回路转，白日的喜悦全部被打消，郑兆易带队连轴转动起来。青铜面具已经流失，如果金龙青甲又流失，这历史的责任他可承受不起。关键是这东西蹊跷地在他眼皮底下消失，这不是打脸嘛！

据以往经验，文物失窃后，在二十四小时内追不回来，那么追回的概率就会急剧下降。

"报告——"沈沛道。

"快进来。怎么样？"郑兆易道。

"审讯完了，徐莲，哦不，欧阳丹一伙儿压根不知道甲胄是假的。"

"会不会是故意掩饰？"郑兆易不甘。

"不像，刚才审讯的时候，我们根本没有透底，不像是欧阳丹调包。"杨忘危道。

一定是哪个地方出了问题。杨忘危脑子转得飞快。他在过道里走来走去。萧思洁看着他干着急。

“哥，现在怎么办？”萧思洁问道。甲胄丢失了，其他文物却没人碰过，这事肯定和洪武银库有关，而开启银库的钥匙在他二人手上。

离奇的是，这甲胄是如何被盗的？是在哪个环节被盗的？

分工的各组警员陆续回来了，黑市白市、车站码头、餐馆酒店，地毯式的搜查根本没有发现可疑线索。

朱宅旁的临时办公室里一片乌云密布。

是什么人如此神通广大？

蓦地，他脑中闪过萧思洁刚才的话：“一个人，如果有了执念，就不可能把世事看得太清楚，会忽略很多重要的东西。”

他猛地醒悟：“我知道了！——沈沛，沈沛！”他大声呼喊沈沛。

“怎么了危哥？”

“昨天我们从土里钻出来后，你说了句什么话？”

“怎么了？”

“快！很重要，我们可能忽略了很多重要的东西！”

“我说‘再高贵的墓，我也住不惯’……”

“都什么时候，还开玩笑！”萧思洁道。

“不！下一句。”杨忘危道。

沈沛想了半天：“我说啥了？”

“快想想，当时我就觉得有点不对劲，可是我忽略掉了。”

“哦，对了！我说‘这泥土好香’。”

杨忘危如遭雷轰，他知道自己已经推理到了真相，“快跟我来，带上铲子！”

杨忘危带着诸警，又回到了朱宅背后的小山丘之上，那个壁道的出口处，欧阳丹从这里钻出后召唤了同伴。

“难道欧阳丹把真的甲胄埋在了这里？”沈沛问道。

杨忘危看着沈沛，一字字道：“不，不是欧阳丹自己埋了东西在这里，是有人为欧阳丹埋了东西在这里。”

杨忘危一铲子挥下去，打破土的表层，“这土很香，对吗？”

沈沛觉得古怪，“可能是我们刚从地底钻出来，对比产生的感觉吧，我又没吃过土。”

杨忘危捧起地上的土，“问题就出在这里！朱慈的墓，为什么会有出路？难道朱慈要自己走出来吗？”

沈沛只觉背脊一凉，“危哥，你别开玩笑！”

“一个人若是心中有了执念，看问题就不会太清晰，就会忽视很多重要的东西。这是萧思洁刚刚教给我的道理。现在看来，这个道理真是受用。我只顾着追查朱慈真墓和盗圣的踪迹，我太过执着，甚至形成了盲点。”

“这个盲点是什么？”

“那就是朱慈之墓既然已经安放在朱宅之下掩藏，那为什么要留出壁道出路！”

沈沛、赵晴晴等干警看着杨忘危，心提到了嗓子眼儿。只听杨忘危一字字道：“这壁道是有人挖出来的！这都是新土！”

什么？在欧阳丹之前，有人捷足先登了？

那这个人是如何进入的呢？

杨忘危带队从壁道又逆向走向墓室。他在壁道内，命人挥动铁铲，开始撬土。果然不出所料，这壁道的土层很松，是有人从远处挖出一个很大的开口，然后潜入朱宅的地下。

沈沛道："这个壁道不是出口，而是犯罪嫌疑人挖出来的入口？"

"不一定，如果壁道是入口，那么必须满足几个条件。第一，犯罪嫌疑人精确地知道朱宅底下的真墓在哪个位置。要知道，我们俩从书房机关通过甬道走进墓室，用了很长时间，还一会儿上行，一会儿下行。第二，犯罪嫌疑人精确地避过所有岩层，只用了'一条'壁道，连试错、挖偏方向的情况都没有出现，就直击墓室，运气未免太好了些！"杨忘危道。

沈沛想了想，道："这几乎是做不到的事情。"

"区分新土和岩层，找找犯罪嫌疑人是从哪儿开始挖的壁道！"

诸警开始小心翼翼地撬土。

以墓室为中心，半径二十米内都被动过土。

果然不出所料，不可能有人精确地用一条壁道直击墓室。这地下多处被动过土。

杨忘危随即向郑兆易请示，找来地勘专业人士，连夜对地底土层被挖动过的情况进行勘探。

勘探结果让所有干警大吃一惊，这犯罪手法简直匪夷所思！

从北面小山丘到朱宅之间的地底，几乎被挖空，犯罪嫌疑人一边挖，一边勘探、修正路线。为了不惊动地上的人，嫌疑人还将土回填、还原。在经历了地毯式的挖掘之后，终于找到真墓的正确位置。嫌疑人开了一个小洞进入墓室，盗取了甲胄，然后挖出一条壁道通向地面。

“这是多大的工程量！”沈沛、赵晴晴惊呼起来，“这是何其粗暴的盗墓手段。”

沈沛道：“不知道具体位置，就全部挨个挖空，这完全没有技术含量啊。”

杨忘危道：“这难度比曲满江之流，不可同日而语。如果大规模挖掘土层，必然声响巨大，而且地面有塌陷的可能。嫌疑人一面挖，一面填，神不知鬼不觉，得需要多少人力、物力！”

“那他为什么不把这条壁道也一并填死？”杨忘危自问，又旋即想到答案，“他把土壤填回去的原因，就是不把壁道填死的原因！”

这壁道是留给替死鬼的。

“犯罪嫌疑人盗走甲胄，在朱慈真身上放上仿制品，让墓室保持原封不动的样子，正是为了掩人耳目，为自己转移甲胄争取时间！这个壁道也是同样道理，这个壁道的存在，是为了转移警方视线，以为从这个壁道走出的盗贼，就是真犯。”

不论是曲满江、欧阳丹还是朱彪，谁从这个壁道出来，谁就成为替死鬼。

好周密的计划。整个案件的盲点就在于此。杨忘危头皮发麻。他心中飞速对犯罪嫌疑人做出侧写刻画："此人老谋深算，行事霸道，能调动如此大的人力、财力在地底进行这么大的工程，绝非常人。"

杨忘危猛地一抬头，忽然想起一事。前日初到小镇时，曾听见有工地修建之声。就在他们去徐莲夜宵店之前，他从梦中惊醒，还暗自纳闷，仁安已经规划的旅游重点城市，限制商业开发，到底是谁这么手眼通天，能在仁安拿地搞修建。

他望向远处已经安静下来的工地，突然瞪大了眼睛。他已经推理到了真相，犯罪嫌疑人的手法简直超出了他的想象，他深悔自己当天怎么就没有发现这个热火朝天的工地有问题。

一个人若是过于执着，就会看不到一些重要的事。杨忘危只觉口中一阵发苦，大喊道："不好！这金龙青甲已经运出仁安了。"

二十四章　黄雀在后

天色已经亮了，不管是侦办案件的警察，还是考古的专家，心情却像黑夜一样。整个墓室里最珍贵的文物金龙青甲确认已经失窃了。

嫌疑人用如此夸张的手法来盗取文物，这是对警察的侮辱啊。沈沛等人越想越气。

杨忘危不是浪得虚名，嫌疑人这样的手法，看似天衣无缝，仍被他识破了。他莫名地兴奋起来，这是他出道以来遇到的最强大的对手。

他带着队伍展开雷霆追击。他所料不差，犯罪嫌疑人就是利用挖空地底的方式，进入墓室。“此人心高气傲，只对青甲有兴趣，他的目标，一定是青甲背后的洪武银库。”

现在青甲丢失了，甘柠和朱百年等人都不知道洪武银库的具体位置，即便银库的钥匙——第十一个疑冢里出土的扳指印记在杨忘危、萧思洁手上，可是此人却决计不可用常人的思维度量。“这人疯狂得很。既然找不到墓，就全部挖空。那么他若是找到了洪武银库又无法进入，完全有可能直接采用最暴力的方式炸门而入。那才是历史文物的一场浩劫。”

必须马上找到他，追回青甲。

那个壁道是留给替死鬼的，可是在这个计划中，出了一个小小的偏差，化名徐莲的仁安六盗之首欧阳丹捷足先登，假青甲被警方扣下，这才东窗事发。若是在原计划中的替死鬼盗走了假青甲，他自然而然地就转移了警方的侦查视线，让那替死鬼永远消失，让青甲的行迹永远成谜。

根据朱正、朱百年的叙述，这几日除了曲满江、欧阳丹之外，还有一人前来打探朱慈真墓的秘密。那就是朱百年的侄子朱彪，杨忘危在之前的盯梢中，见过此人，他贪婪怨愤，决计不是省油的灯。他能力有限，庸碌无能却常夸夸其谈，此人是充当替死鬼最好的人选。在计划中，一定是朱彪盗走假青甲，然后人间消失。

前日墓室见光之后，朱彪就离开朱宅，失去了联系，警方紧急搜找也不可寻，沈沛终于在其联系人中找到一个叫金老六的地下赌场金主，此人归案后，对其涉嫌高利贷、聚众赌博等犯罪行为供认不讳，并且交代朱彪好赌，欠了很多钱，不过前两天此人突然财大气粗起来，并声称即将“改命换运”，成为富豪。

沈沛与赵晴晴对望一眼，朱彪多半是收受他人钱财，前往朱家打探墓址。他殴打朱正、偷取朱宅财物、好吃懒做、六亲不认，不料被人当作替死鬼，真是可怜又可悲。

那么朱彪背后是谁人指使？

据朱百年回忆，朱彪来时声称自己在九州集团，为唐九州工作。

这扯什么淡来着，九州集团是全国首屈一指的大企业，董事长唐九州是富豪榜上有名的人物，又是慈善大咖，朱彪这样的废材，怎么可能在他麾下？

与此同时，金老六交出当日朱彪兑现的支票，那支票果然是唐九州开出的。九州集团是做院线电影、文化产业的航空母舰，朱彪有什么才能可言，唐九州会支付如此高额的支票给他。此中必定有鬼！

在郑兆易的部署下，沈沛和赵晴晴所获颇多，杨忘危则兵分两路，集中全力调查仁安那个可疑的工地。那工地是在修建一个商业综合体，也就是综合型商圈，用以增加巫江南镇的旅游消费收入。这个项目承包方叫远达集团。

杨忘危拿到了这个集团所有的资料，集团董事长叫罗雄，二十八岁，背景清清白白，没有任何可疑债务。只是这个集团此前承揽的工程并不大，往往都是做做堡坎、总坪、室内装修之类，如今业务突飞猛进，逢地拿地，明显背后有强大资本支持。

杨忘危随即调取了这个集团承揽项目的中标方。他惊讶地发现，这公司从去年开始，承接了一个开发商的劳务外包业务，这个开发商叫“九州开发”。

从这以后，远达集团有如神助，业务实现多级跳跃。这背后有什么显贵支持了罗雄？

九州开发？

杨忘危继续查下去，九州开发是九州集团旗下全资子公司，法定代表人是唐少川。追求萧思洁的同学唐少川，原来是九州集团的太子爷。杨忘危万万没有想到。

那么，现在问题来了，在幕后实施这一惊天盗案的，到底是唐少川，还是唐九州？

文保大队像是巨大的齿轮在机器中转动起来，有力而迅速。杨忘危立刻部署，一面继续寻找朱彪，一面对唐九州父子展开调查，派出外线刑警，对唐九州、唐少川实施盯梢。

外线刑警不断汇报唐家父子每天分别见了什么人。唐九州的日常，很有规律，他会在早上七点出门散步，当然会有几个强壮的保镖。他没有交际应酬，没有会见各种关系人，偶尔外出也是出席一些象征性的仪式。他大部分时间，都是在自己的湖光小院里，看书写字，时而像老僧一般入定。对于九州集团的控制和指挥，他只需要听取各个部门负责人的电话汇报就好了。

他根本没有可疑的地方。

杨忘危猜想，既然嫌疑人只是为了金龙青甲而来，那么他的唯一目标，就是洪武银库。如果唐九州是幕后主谋，他获得青甲后，为什么还不动身，去寻找洪武银库？

唐少川每天都很忙，忙着研究生学业、九州开发，还忙着追求一名年轻漂亮的姑娘。他用了一个下午的时间，在一间极有格调的礼品店中挑选礼物。

唐氏父子二人根本没有一丝要离开锦城的迹象。这不对劲啊，难道侦查方向错了？

外线挂了几天，诸警已经有些疲惫，开始换班休息。

杨忘危让众人先行休息之后，才换班回家，准备换身衣服。他出发前给萧思洁打了通电话。

“嗯，好的，我在家里等你。路上小心啊。晚上想吃什么？我做饭。”萧思洁在电话里说道。

“妈有晚课，回得晚，问下她想吃啥。”

西川大学的夕阳很美，落日的余晖像一层金色的纱，罩上平静的湖畔。杨忘危慢步走回家里，让自己的大脑得到片刻放松，有时候蹲下去，是为了跳得更高。当案件没有进展的时候，他需要冷静下来，反思到底哪个地方出了问题。

他已经走到了家门口，站在门前，忽然感觉特别温暖，他和萧思洁已经有了人生的盟誓，永远都不会分开。他和萧思洁的相互依恋，早就在各自心里深深扎根。这种感觉，既不是爱情般的患得患失，也不是亲情般的平淡自然，它是一种灵魂意义上的有力相守。杨忘危和萧思洁各自都想过，哪怕杨忘危娶了他人，萧思洁嫁了他人，他二人也会守护对方。超越了友情、爱情、亲情，是人类情感中的至上神圣境界，是灵魂上的共鸣和陪伴。

他记起很久之前，和萧思洁一起看过一个电影，主演是张国荣和梅艳芳。电影中有句台词：“永远陪着我吧，不管什么身份。”荧幕里的张国荣和梅艳芳目光之中满是默契与依恋。

熟知影视圈掌故的萧思洁自然听说过张国荣与梅艳芳的关系，也许连他们自己都无法准确地界定，彼此之间到底是情人、知己还是兄妹情深。或者他们已经达到了第四类情感的境界。“陪着我吧，不管什么身份。”“这什么台词啊……

神神道道的。”当时的杨忘危嘲笑萧思洁过于多愁善感，还被萧思洁掐得胳膊上青一块红一块。

母亲并不在家，他想起母亲晚上有课。他叫了两声思洁，房间里没有应答。

杨忘危本能地意识到了危险。他立刻紧张起来，快速冲进房间。这套房子并不大，他瞬息之间已经查探清楚，萧思洁不在屋内。

萧思洁哪里去了？

杨忘危有点慌了，赶紧拨通萧思洁的手机。手机在她的房间里响起。“思洁！”杨忘危在楼道里喊了几声。他想，萧思洁是不是到校园里去了。

杨忘危从来没这么担心过。这几天，唐氏父子进入侦查视线，成为这起惊天盗案的嫌疑人，出于侦查保密和工作纪律，杨忘危没有告诉萧思洁关于唐少川涉案的事。但是他一直在追求萧思洁，他不是在礼品店买了礼物吗，难道是约萧思洁出去了？

唐少川不会别有用心吧。萧思洁肩头有洪武银库的记号。

杨忘危快步走到楼下，在二楼的过道阳台上，他远远看见一辆白色卡迪拉克轿车停在西川大学外面的停车场上。这个车牌号，非常熟悉，他记得是唐少川第一次来接萧思洁时开的车。果然是唐少川来了。他车还在这儿，应该没有走远。

杨忘危快步走到操场，他眼睛不停张望，寻找萧思洁。此时，天色已经暗了下来，昏黄的路灯亮起，杨忘危朝学校后门走去，穿过后门，就是唐少川停车的停车场。他尚未走出学校，就看见一个熟悉的身形从操场走了过来。灯火阑珊处，萧思洁整个人像是披着光辉。

“你怎么不接电话！”杨忘危跑上去。

萧思洁一愣：“怎么了？”

杨忘危道：“我很担心……”

萧思洁坦诚道：“我手机忘家里了。有什么好担心的，我就下楼走了走。唐少川来了。”

杨忘危道：“他来干什么？”

萧思洁双手一摊：“他来干什么还用问，当然是来找我啦。不过他以后也不会找我了。”

杨忘危心下大宽：“什么是‘以后也不会找你了’？”

“我觉得我应该向他坦诚，我并不喜欢他。有些话，当面说清楚，不是更好吗？”

杨忘危拉起萧思洁的手：“那他岂不是很伤心？”

萧思洁歪着脑袋：“你小看唐少川啦，他会祝我幸福的。”

“他走了吗？”

“走了，刚走，车停在外面的。”

杨忘危本打算去和唐少川正面接触下，可是蓦地想到，他比任何人都不适合去见唐少川。

唐少川确实是在找萧思洁，他满心欢喜，给萧思洁买了礼物，想邀请她参加一个聚会。萧思洁和他在学校操场里走了一圈，坦诚她对唐少川的感觉。唐少川情绪有些激动，他毕竟出身名门，从小养成的绅士贵气，不容他有任何失态，他将所有的情绪压了下去，半天才吐出一句话："你真的不爱我吗？"他声音不大，听着有几分委屈，又有几分倔强。

"对不起……少川……"

唐少川不用再问了，他惨然一笑，收拾风度准备离场："没事，至少我们还是好朋友嘛，我会祝福你的。"

"九州集团的戏，也帮我推掉吧，我不太适合那个角色。"萧思洁低头道。她实在不想欠唐少川人情。

唐少川道："我知道你的心意，不会为难你。你需要我的时候，我会随时站在你身边。"

"陪我走走吧。以后也不能陪我在学校里面散步了。"唐少川说。这是唐少川最后的请求，萧思洁点头应允。两人在路灯下慢慢走。

"毕业大戏你可要好好准备。"唐少川道。他二人正面临硕士研究生毕业大考，二人选取了《大明宫词》作为表演剧目。

萧思洁道："嗯，我会的，我挺喜欢太平公主这个角色。"

"可惜我却不是薛绍。"

萧思洁道："薛绍和太平公主也不是好结果啊。"

《大明宫词》是前些年的一部经典电视剧，讲的是武则天时期的故事。在故事里，公子薛绍在娶太平公主前早已有了妻室慧娘，夫妻二人青梅竹马，感情很好。随后，薛绍与太平公主偶然间相遇，太平公主对薛绍一见倾心。她不知薛绍已有家室，向母亲武后透露了喜欢薛绍的心意，结果武后逼着薛绍迎娶太平，并将他已经怀孕的正室慧娘赐死。薛绍将慧娘藏匿起来，但在生产的时候慧娘难产而死，留下了一个男孩被寄养在寺庙里。薛绍一方面恨太平毁了他的人生，一方面又被太平的真情打动，最后实在忍受不了精神上的痛苦而自杀。这是一个充满遗憾和悲剧的爱情故事。

唐少川道："嗯，这世界上有太多的遗憾……"

萧思洁不愿意继续纠缠这个话题，岔开道："少川，你毕业后如何打算？"

唐少川淡淡一笑，能有什么打算？九州的太子爷，哪里需要什么打算。他颜值极高，人又绅士，在艺术上极具天赋，比当前许多流量明星不知强多少倍。九州集团随便给他一两部戏，就能将他捧成炙手可热的明星。

不料唐少川道："我……我会移民去国外。其实，今天我是来问你，肯不肯跟我一起走的？"

"我心里一直有别人。"萧思洁道。

唐少川苦笑道："我知道，是杨忘危。他有什么好？难道就因为和你一起长大？你并不欠他们的！"唐少川说着说着，感觉自己口中发苦，他几乎感到自己就要情绪决堤。

萧思洁看着唐少川，道："有些情感，它默默地扎根开花，我们根本无法预期。杨忘危身上有一种悲壮的英雄主义色彩，就像我们艺术教科书里说的那样。我一直都被他的这种气质吸引。他所做的事，是在保护属于国人的文物，也就是保护中国人的历史，他是个响当当的男子汉。"

"就因为这个？"

萧思洁眼里有光："对，就因为这个！"

唐少川和杨忘危，这两个和萧思洁有情感纠葛的男人，完全不是一路人，勇敢无畏的杨忘危如同燃烧炽烈的火焰，而唐少川则像是平静温柔的冰湖。唐少川的俊俏、儒雅、绅士，足以令普天下绝大多数女人动心，可是他偏偏就走不进萧思洁的内心。

唐少川默念了几遍：“杨忘危身上有一种悲壮的英雄主义色彩……杨忘危身上有一种悲壮的英雄主义色彩……”

这条校园的道路，终于走到了尽头，路灯依旧昏黄，唐少川依旧平静。他沉默半晌，说道：“毕业大考我申请延期了，既然我做不了薛绍，就不用入戏了。我很快就会动身。有时候，真的不如相忘于江湖。”

他是如此平静。

谁都不知道唐少川平静的面容之下，隐藏着多么巨大澎湃的情感。他从小受的教育，就是喜怒不形于色，他的父亲对他极其严格，面对任何事，他都必须要求自己保持泰然。

此时此刻的唐少川没有九州太子爷的风光无限，他面色苍白，却仍然平静得像是什么都没有发生，像是刚刚讨论了一件跟自己完全不相干的事。他转过身，钻入自己的豪华轿车中，笑着挥手送走萧思洁后，终于抱着方向盘大哭起来。

这是他从不喜形于色的人生里，第一次痛哭。他恨恨地对自己说道：“杨忘危做得到的事，我也一样做得到！”

二十五章　动机

“唐少川要移民海外？”杨忘危猛地一拍脑袋，“不对啊！”

由此看来，唐少川身负朱慈墓案的重大嫌疑。

外线一直没有获取到任何有用的信息，可是唐少川对萧思洁的真情告别，却让杨忘危敏锐地捕捉到了问题。

杨忘危等不及甘柠回来开饭，就要返回警局。他临走前告诉萧思洁：“如果唐少川再有消息，立刻告诉我。”

萧思洁不解道：“怎么了？唐少川卷入什么不好的事情了吗？”

侦查工作是有严格纪律的，杨忘危不便透露对唐氏父子的调查：“这个……我吃醋，行了吧？”

萧思洁给了他一个爆栗，然后打包了一盒饭，让他带上：“饿了再吃。”

杨忘危驾车风驰电掣地回到警局，心中不断推理：

唐少川自两年前开始，一边攻读研究生，一边在自家公司里实习，他的定位，不光是一个未来的演艺明星，更是一个能管理九州集团的太子爷，唐九州明显是在培养自己的接班人，唐少川突然要出国移民，这本身就很蹊跷；况且，唐少川这几日根本没有任何要出国的迹象；根据情报资料来看，唐氏父子的日常平静得不能再平静，正常得不能再正常。

唐九州给朱彪开出过大额支票，二人必有交集，朱彪此刻生死不明，唐氏父子的过度平静，不正是可疑之处吗？杨忘危已经和沈沛、赵晴晴等队员会合。

沈沛说道："看看这个。"

杨忘危接过一份报告，那是国际刑警组织的协助调查反馈。朱慈墓案已经成为公安部、省公安厅重点督办案件，郑兆易请示上级之后，通过国际协助，核查唐九州在海外的活动。报告表明：唐九州与走私大亨史密斯过从甚密，在海外购置多处庄园式产业，雇用充足安保力量，却极少居住。这些庄园式产业，很明显是他唐氏的私人藏馆，但比起史密斯的藏馆却又远远不及，据初步证据显示，唐九州与史密斯，是在对中国文物进行走私犯罪。

沈沛大悟道："终于找到了作案动机。我一直纳闷，九州集团家大业大，如何会与盗墓贩子朱彪之流扯上关系，原来这是一个走私文物的链条啊。"

一张熟悉的图片跳入杨忘危眼帘。那是一个青铜面具，面具的脸颊处刻有金龙纹。"这是流失海外的青铜面具！"

"危哥，你看。"

杨忘危顺着沈沛的手指看去，材料的最后一排英文记载了当日黑市拍卖这个青铜面具的出价记录，这必定是国际刑警组织捣毁了这个地下黑市查抄而得。在这份记录的最后一条写着竞拍成功者，是 Mr.Tang，唐先生。

“是唐九州还是唐少川？”沈沛问。

“这拍卖时间啊，唐少川还是个小孩。”

“危哥，现在怎么办？”

杨忘危仰起头，将所有信息在脑子里汇合，梳理了一遍。

案件推理到了这个地步，情况已经明朗起来。

杨忘危道：“既然他可以雇用朱彪，为何不能雇用别的人？如此老谋深算的人，必然看破了我们的侦查手段，这几日他看似正常，是在故作迷雾。”

“有道理！”

“查查唐氏父子关系人外出的情况，想必有支人马已经出了锦城。”

二十六章　雪山，雪山

西川向西，一路进入川西高原，世界顿时开阔起来，碧绿清澈的河水从高山上缓缓而下，天空和大朵的白云触手可及，五颜六色的经幡随风飘动，远处牛羊悠闲而牧，一曲悠扬的藏歌在象牙白色的佛塔之上旋绕。

一辆黑色奔驰越野车，在直直的国道上疾驰而去。国道笔直向前，一望无际，被两侧云朵包围，与远处天空相连，让人感觉这是一条通往天宫之路。美国著名的六十六号公路在这条国道面前，无疑是小儿科。

奔驰越野车上的驾驶人是个四十岁的汉子，他戴着墨镜，肌肉将紧身的黑衣绷得很紧，面无表情，一路无话。副驾和后排坐满了人，所有人都不说话，似乎彼此素不相识。

坐在后排中间的猥琐男子憋不住了，给旁边的黑衣男子示意，打开窗户透透风："哥们儿，透个风。"

黑衣男子冷冷道："九州爷说了，这一路不准露脸。"

唐九州的话就是法旨。猥琐男子一听"唐九州"之名，脸色突变。这猥琐男子刚从朱宅探墓而回，却空手而归。唐九州早就知道以他之能根本无法成事，他不过是一个替死鬼，就像多年前他替唐九州的一名亲信坐牢是一个道理。

在唐九州的计划中，这猥琐男子要和金龙青甲一起人间蒸发，成为最大嫌疑人。

此人正是朱彪。

车子在一处鹰崖前停下。

“怎么了？”朱彪意识到了危险。

“下去。”

“哥们儿，有话好说！”朱彪急道。

驾车的黑衣人走了过来，一把抓起朱彪的头发，一支装有消声器的手枪已经顶在他的头上，“九州爷有句话给你。”

“不——”朱彪开始发疯一样地挣扎。

“哒——”一声闷响，是枚哑弹。朱彪吓得魂飞魄散，屎尿皆下。

众人嘿嘿直笑。驾车的黑衣人将枪对着朱彪，一步步逼向前。朱彪一步步后退，不远处就是万丈悬崖。

“老板的规矩你是知道的，敢欺骗老板，就要承担后果！”朱彪赌钱输红了眼，用假文物欺骗唐九州被识破，为保命又声称可以找到朱慈真墓献给唐九州。其实唐九州早就在挖掘朱慈真墓，只是这金龙青甲不同于别的文物，到手之后，还须参透洪武银库的秘密，找到它、开启它。他需要一个替死鬼给他争取时间，这朱彪自告奋勇，真是太好了。

让唐九州气愤的是，朱彪竟然连真墓的门都没有进去，偷了两件朱百年家里的瓶子就回来了，谎称是从朱慈墓中盗来，要再讨些钱才能说出墓址。他在唐九州面前大谈朱慈真墓机关重重，他是如何神勇闯入，为了给唐九州效忠，甚至向自己的亲叔叔朱百年、亲弟朱正下手，真是其心可表日月！这贪心小人真是愚笨得可爱。

唐九州问：“你闯进真墓里没有受伤？”

朱彪讪笑道：“托九州爷的福，小的小时候练过武，没有受伤。”

唐九州气笑了：“练武？我看你怕是练过‘六’吧。”此时金龙青甲已经落入唐九州手中，他听朱彪如此说，真是无语得很，心中暗恨：竟敢侮辱我的智商！唐九州不动声色，虽然朱彪没有按照计划从那个壁道走出，充当替罪羊。不过也不影响，现在警方抓获了欧阳丹，青甲调包的事应该很快就被揭穿，只要朱彪消失，就没人知道他指使朱彪盗墓的事，依然可以将所有嫌疑推到朱彪身上——朱彪调包盗走真青甲，已经潜逃海外。以他的实力，要设计一个朱彪潜逃海外的局，并不是难事。

唐九州又恢复了慈祥、和善的表情：“阿彪，有个墓你帮我去踩一踩，在川西平原上，‘风火雷电’四将会随你前去，助你一臂之力。完成这个事，我犒赏你，去美国好好享受海滩。”

朱彪千恩万谢，随四名黑衣人上了车。

此刻，等待朱彪的不是美国的海滩，而是一道深不见底的悬崖。

黑衣人再次扣动扳机，又是一枚哑弹。朱彪已经吓得退到了悬崖边上，没有任何退路了。

“一事无成之人，何必活在世上！”

“唐九州，你好毒！”朱彪脚下一滑，伴随一声惨叫，跌落悬崖。

这四名黑衣人正是唐九州口中所说的“风火雷电”四名家臣，追随唐九州已经二十多年了，是唐九州亲信中的亲信。几人又上了车，驾车的黑衣人拿出一张地图，地图是从金龙青甲上拓下来的。

甘柠、朱百年、马三摆、朱彪、杨涛、杨忘危、曲满江、欧阳丹等人都所料不错，洪武银库的地图不可能刻在小小的青铜面具上，在朱慈随葬之物中，只有金龙青甲能刻下如此大面积的地图。这地图刻在青甲贴身的一面，上面用九宫卦位之法，标注了方位。

“有意思。这地图根本看不懂。”以唐九州的道行，根本无法推演方位。无妨，唐九州身边能人异士多得很，区区推演定位算什么！“帮我召余先生来。”唐九州口中的余先生是他的师爷，其实力直逼“仁安四家，甘朱马杨”。

不消片刻，方位已经转换成现代坐标，以朱宅之下的朱慈真墓为中心，乾卦为南，坤卦为北，爻数以计量里程数，转换成当代的公里计算，就是向川西北三百六十公里之处。那里有一座千年雪山——金龙雪山！

“三千蜀地破雄关，金龙青甲在云天。”唐九州细细琢磨，这首蜀地故老口口相传的谜诗原来早就揭晓了洪武银库的大概位置。“三千蜀地”是对朱慈当年征战的环境描述，“破雄关”是描述朱慈的战功，“金龙”指的是金龙雪山，而找到朱慈的青甲，才能从“云天”之上的雪山中，找到洪武银库。

“王子江山带不去，独留洪武银如山。”这两句指的自然是作为王子的朱慈，本该将地图献给洪武大帝的皇位继承人，可是江山易主，燕王朱棣夺了朱允炆的皇位，在宫廷政变之中，地图焚毁。而今最后一份地图就刻在朱慈青甲之上。

“这谁写的歪诗。”有些掌故口口相传，实在不知道源头何在。现在地图拓本在“风火雷电”四将手上。他四人受命在去往寻找洪武银库的路上，顺道干掉朱彪。

“风火雷电”四将出发之后，唐九州坐了下来，他闭上眼睛，心中盘算，这洪武银库的事，可不能让老板史密斯知道。这贪婪的鬼佬，肯定会要求他把所有的宝物都卖给他。所谓卖给他，也不过是他出一个平平的价格，然后强行交易。

视频电话响了起来，史密斯来电话了。唐九州定了定神，接了起来。

“嘿，唐，听说你最近搞定一个很大的墓。”

唐九州内心一阵狂跳，暗自道：“这他妈谁跑的风！”

“哇喔，一个明代王子的墓，还有一个朱元璋的银库！干得漂亮。”史密斯在电话那头大喜过望。

唐九州故作常态：“老板，这个……”

史密斯忽然大笑起来：“你是不是根本就没有打算让我知道？”

“我哪里敢！”

“唐，你是我家的一条狗，忠心是最重要的，你知道吗？很多美妙的东西，你的就是我的，我的还是我的。”

唐九州正在纳闷史密斯是如何得知了这个消息，他猛地抬头，看见一个身材曼妙的女子和史密斯正在视频里亲热，那女子眼熟得很，正是他那日打断手腕的女秘书。这史密斯好高明的手段，早就插了人在唐九州身边。

唐九州赔笑道：“老板，您多心了。如果您不放心，可以和我一起来开启洪武宝库。”

史密斯神情夸张：“这个不用你操心，我明天一早的航班，很快就到了。唐，这银库的宝物必多，不可能一次送出海，我们联手办这件事儿。我不会亏待你，你可以选一半宝物，放到你在西海岸的庄园里。另外，我还会安排你进入我们的圈子，你要不要对我感激涕零？”

唐九州道：“好，我在中国恭候老板大驾。”

他收了线，头开始隐隐作痛，这史密斯简直就像是附骨之疽。他原计划是独吞洪武银库，如今被史密斯发现了。怎么办，要不要交出去？他眼中闪过一丝凶光，心中一个狠毒的计划已经形成。他喃喃道：“无毒不丈夫。”

他丝毫没有察觉到，在书房门口，站着他的儿子唐少川。唐九州一转过头，就看见唐少川那张俊俏的脸上写满了震惊。唐少川眼睛很红，像是刚刚号啕大哭过，他刚好走到门口，听到了一切。

“父亲！”唐少川走了进来。

“怎么了？”

“父亲，你这是在干什么？”

唐九州也不隐瞒：“孩子，你听到了？”

“你这是在走私文物。”唐少川大声道。

唐九州微微笑道：“孩子，我们就要去美国了，现在也不用再瞒你，我们九州集团的背后正是史密斯先生在扶持，我们在海外打造了许多藏馆，共同进行着保护中华文物的计划。”

“保护文物？把属于国人的文物送到外国去保护？我无法理解这样的逻辑！”唐少川第一次向父亲发出了质疑。

今天晚上他已经有了太多的“第一次”，第一次失恋，第一次大哭，第一次发怒，第一次震惊，第一次质疑他那神一样的父亲。他就像是一个白釉坯瓶，突然被命运的工匠涂上了各种情绪的颜色。

唐九州愠道：“和那出身草根的女孩交往了几天，就敢顶撞你父亲了？”

唐少川心中一痛：“不许你这么说她。”

“好了，孩子，去那边吧，我给你安排了两名不错的对象，一位是美丰银行的总裁之女，还有一位是议员的女儿。我更希望你能和议员的女儿在一起，她的父亲还有上升空间……你不用在中国发展，去好莱坞吧，这个世界上，没有钱解决不了的事。史密斯先生会安顿好一切，你会为他的藏馆而惊呼！”

唐九州没有发现唐少川的脸色很难看，继续做着自己的白日梦。唐少川整个人都在颤抖，脑中一直盘绕着萧思洁说的话：“杨忘危是英雄……他做的事，是在保护属于国人的文物，是在保护中国人的历史……”他心中忽然涌起一阵“悲壮的英雄主义情绪”，他大声冲唐九州喊：“父亲，你这是在‘犯罪’啊！”唐少川终于说出了最刺耳的两个字。

“你出去！”唐九州怒不可遏。他从来未曾想到过，唐少川居然会有自己的思想！

“把这呆子关起来！”

“我没有你这样的父亲，你自首吧！”

“滚——”唐九州声嘶力竭地喊。唐九州头痛极了，他不停拍打自己的额头，属下端来茶水，他一下摔碎。

洪武银库很快就要落入他的手中，即将走上人生巅峰的他，心中却没有一丝快意。如果不是二十年前的那个雨夜，他也不会走到今天。

二十七章　一生一世一双人

调查结果很快就出来了，九州集团的四名大管家离开了锦城。毫无疑问，他们是唐九州的“先锋队”。赵晴晴通报调查结果：“四人离开时驾驶一辆黑色奔驰越野车，根据高速公路监控显示，这辆车从锦城北面的高速公路口上道，在古墨镇高速公路口下道，进入了雷公草原的国道之上……”

“草原？”郑兆易有了不好的预感。

“对，草原。”

“手机追踪是不是已经没有办法跟上？”沈沛问。

郑兆易道：“唐九州反侦查能力很强，他们四人不会携带手机。”

杨忘危道：“雷公草原幅员辽阔，几乎没有电信网络，想追踪四人，难度很大。”

郑兆易和杨忘危看着大屏幕上的全域地图。

“有没有信心抓到他们？”郑兆易问道。

“有！”

“准备怎么做？”

杨忘危道：“我们虽然没有金龙青甲里的地图，可是，这四个人已经给我们指出了一个方向。朱慈精通山形地理，洪武银库关系大明运脉，如果我是朱慈，一定会把银库修建在绝佳的风水宝地。风水之事，不可当真，可是明代之人却深信不疑，只要用他们的思考方式来思考，就能找到准确的位置！”

沈沛道：“可是这雷公草原幅员辽阔……”

“山有山骨，河有河形，任何地理走势都是可以判断的。”杨忘危道。

赵晴晴道：“这四人最后的手机信号是过了雷公桥。”雷公桥是进入雷公草原腹地的必经之路。过了雷公桥，就是一片荒原，穿过荒原，是雄伟的金龙雪山。

“时间已经不多了！必须立刻追上去。”郑兆易道。他是老侦查员了，根据嫌疑人现在的离去速度，已经计算到了抓捕的时限区间。一旦四人深入雪山之中，想要抓捕，就更麻烦了。况且，这四人的目标十分明确，就是挖掘洪武银库，如果让四人抢先得手，自然是一场文物浩劫。

“只是，如何才能算出银库所在的位置？”

杨忘危道：“别忘了，西川高人多得是，我母亲甘柠、于洪一叔叔，还有西川大学各位地理、历史、文物、考古等等专家，只要把他们的智慧集中在一起，他们一定可以找出朱慈当年最满意的位置！”

郑兆易眼睛一亮：“马上召集一个专家组！”

“兵分两路。”

“且慢，我需要做一个东西。”杨忘危忽然道。

“什么？”

杨忘危伸出手来，手心是一个圆形的印记：“还有萧思洁的肩头，将这两个印记合并，重塑这个扳指。”

郑兆易问物证部门的刘科长：“重塑这个扳指，需要多少时间？”

“报告郑局，最快一小时，最慢——”

郑兆易一摆手：“不用说‘最慢’，给你半个小时。”

“是！”

“忘危，这个扳指，有什么典故吗？”

杨忘危一字字道：“当年父亲留给我的这个印记，原来在二十年后起到这样的作用，我也没有想到会是这样。没有这个扳指，没人进得了洪武银库。如果没有这枚扳指而暴力开启的话，洪武银库将会自毁。”

郑兆易道：“记住了，你是杨涛的儿子，也是一名文保警察。保护好银库，把‘盗圣’给我带回来！”

杨忘危目光灼灼：“当年青铜面具流失国外，我父亲未能破案，悔恨不已。中国人的东西，谁都带不走，唐九州和史密斯这帮强盗，我一定将他们绳之以法。”

萧思洁已经被接到了警局，郑兆易简单介绍了案情，希望萧思洁配合。萧思洁问：“唐九州会是‘盗圣’吗？”

郑兆易道：“目前还不能确定，此人隐匿多年，又有庞大的盗墓队伍，很有可能……”

萧思洁转头，猛地握住杨忘危的手，快步把他拉到办公室外面：“你答应我一事。”

杨忘危脸一红："怎的？"

"一定要回来！"萧思洁竟然情绪激动起来。她仿佛回到二十年前那个雨夜。杨涛为了追捕盗圣殉职，现在杨忘危又要去追捕他，历史千万不要重演！

杨忘危捋了捋萧思洁的头发："放心，叫妈妈做好饭，等着我！"

萧思洁道："叫我来，是不是需要我肩头这个印记？"

杨忘危点头："嗯。"

"哥，我不想别人看我肩头。"

"可是我们需要这个印记啊，物证部门只需要拓下来就好了。"

萧思洁看着杨忘危，一字字道："那你来拓，我不要别人。"

"这个……"

"我不能随你一起去追捕凶手，我要你手心感受我肩膀的温度、触感，这个印记是连接我俩一生的记号，我会一直陪着你……"

物证科的实验室里，只剩下杨忘危与萧思洁两人，杨忘危脱去萧思洁的衣服，在他的记忆中，萧思洁从来没有穿过露肩的衣服，此刻他才发现萧思洁的肩膀是如此迷人，颈部、锁骨、胸口曲线近乎完美，那枚红色的印记非但没有破坏美感，反而增添了几分独有的魅力，像点缀在纯洁白纱之上的一朵红梅，像留白深远写意画上的一点丹朱，像深秋萧萧下的一叶枫红。杨忘危手在发抖，他和萧思洁一样，没有过恋爱，更别说和女生近距离接触，他紧张得耳朵里只有自己的心跳声。

拓取印记的工作很短，他却像是经历了一场漫长的奔跑，二十年前一瞬间烫上的印记，此刻用一生才能取下来。他终于拓好了萧思洁肩头的印记，他将自己手心拓印在电子扫描屏上，两枚印记合在一起，电脑还原扳指当时的图案细节，杨忘危终于长舒了一口气。

萧思洁叹了口气，像是完成了一个重大的人生仪式，缓缓道："好了，一生一世一双人。少一分，都不是一辈子。"这是《霸王别姬》里的台词。

杨忘危心中一暖，将萧思洁抱紧，什么血海深仇都已经不重要了。

"这个小盒子，你拿着。"杨忘危道。

"这是什么？定情信物吗？"萧思洁问。

"对，戴着它，无论你在哪里，我都能保护你。"

重塑扳指，实际上就是按照还原图进行一次3D打印，二十年后的今天，科技已经发达得让人惊叹。

重塑的扳指已经拿到了杨忘危手上。郑兆易一声令下，他将率队出发。

甘柠已经就位，开始推演当年朱慈最可能修建洪武银库的位置。推演工作并不顺利，甘柠判断："只能判断一个大致位置，金龙雪山西面山脉，没有青甲上的地图坐标，一时半会儿无法找到精确的位置。"

"已经不能等了，那就一个山头一个山头地搜，我马上追击四人，如果有更精确的坐标，请通知我！”杨忘危担心的是，唐九州这帮土匪强盗，如果发现银库无法进入，会不会暴力开门。洪武银库不同于寻常墓葬，据甘柠所说，只要暴力挖掘，就要引发银库自毁！这是一场不折不扣的文物浩劫。

杨忘危已经带着沈沛等干警冲了出去。警车关闭了警灯，飞速朝川西国道飞驰而去。

夜黑如漆，朔风正劲。

杨忘危握紧了手心，他手心是萧思洁的温度，也是洪武银库的钥匙，他仿佛受到历史的号召，注定被命运选中，要他去抗争，去避免这一场文物浩劫。唐九州是不是当年的杀父仇人“盗圣”，很快就要见分晓。

黑夜之下，锦城西面的一栋写字楼里仍然亮着灯。于洪一正坐在办公桌前，他的办公桌是黑色的乌木制成，厚重而有质感。这是于洪一的鉴定师事务所。他自多年前创业以来，打造出了属于自己的鉴定师事务所。在我们国家，司法鉴定并不完全是行政序列，许多第三方的、民间司法鉴定机构更具有公正性、客观性。经过许多年的发展，这家鉴定事务所已经发展出了具有法医、痕迹、文书检验等多方面业务的大型鉴定所，他将它命名为：“衡平鉴定师事务所”。“衡平”的意思，就是“执中衡平”的意思，意味客观、公正、中立，这是一家鉴定师事务所得以生存的基石。

于洪一现在很兴奋，手有些颤抖，迅速地在地图上圈圈画画，虽然洪武银库的地图被唐九州窃走，可是他现在已经知道了“风火雷电”四人潜行的大致方位，“金龙青甲在云天”，这句诗里的“金龙”根本就是一语双关，它既指刻在青甲之上的金龙纹，又指的是一处地名！

金龙雪山。

他可不是要协助郑兆易破案，对于朱慈真墓与洪武银库，他有着自己的盘算。甘柠一直不认可他的学术观点，今次一定要让甘柠知道，他才是正确的。他并不知道，甘柠一直保护着洪武银库的秘密，所以才否定朱慈真墓的真实性。

“一定要比甘柠先一步算出位置！”

于洪一站了起来，背负双手，走到窗前。他看了一眼窗外的锦城夜色，迷幻而绚烂。他已经找到了答案。金龙雪山的最深处，一座延绵山骨之下的山丘，藏风得水，万年不冻。错不了，只有这个地方才可能让朱慈满意。在这么短的时间里，甘柠只能推算出一个大致的位置，可是他却已经找到了那个万年不冻之地。

“杨涛，隔了二十年，最终证明我才是对的！”他自言自语道。

于洪一披上了大衣，拎起一个黑色的工具箱，走了出去。几分钟后，鉴定师事务所地下停车库驶出一台 JEEP 全地形越野车，这种车辆无惧任何崎岖路段或者山地雪路，于洪一驾驶着它，朝川西国道而行。这种历史时刻，他如何能缺席。

二十八章　最夸张的盗墓

“风火雷电”是唐九州一时兴起给四人起的代号，有些像是九州影业里的某部知名武侠片，里面的武林人物都有自己的代号。

唐九州是九州集团之主，他如同神一般的存在，对下属有着生杀予夺之权。能够得到唐九州赐名，这本来就是了不得的事。“风火雷电”代号叫得久了，都忘记了自己本来的姓名，好在还记得姓，分别叫作：陈风、徐火、罗雷、金电。

四人现在已经站在地图的坐标之前。他们四人在天刚亮就开始登雪山。阳光慢慢洒在雪山之巅，折射出阵阵耀眼的光晕，像是佛光普照大地。

陈风走在最前面，他带领三人穿过雪山腹地，艰难地走到准确的坐标之前，他惊讶地发现，在这雪山之上，竟然有一处万年不冻之地。这是一座小小山丘，被四周高大的雪山支脉包围，藏得如同世外桃源一般！陈风、徐火、罗雷、金电四人毕竟也是多年盗墓的老手，他们微一沉吟，已经知晓原理：地热、风向、阳光角度、山势朝向……所有的有利因素都集中在了这个山丘之上，四周包围的支脉更是将风势形成了一个回环。陈风抬起头，之间延绵的山势如龙骨一般，而龙头正是此处山丘。

他们快速掘开土层，向下掘了五六米后，一道青铜地门出现在眼前。陈风敲了敲青铜地门，闷响很重，地门中心有一个圆柱形的凹陷。

四人开始讨论。“这是机关锁。”“像是一个扳指状的钥匙。”“怎么办？炸开它？”“先请示九州爷！”

徐火接通卫星电话，唐九州破口大骂：“白痴，朱慈既然在这里选址，就必然预料到有人会用炸药来暴力挖掘，这周围全是雪山，这大门如此的厚重，少量炸药根本无法起作用，稍大的爆炸，都可能引发雪崩，活埋你们几个不要紧，洪武银库就永远埋到地下了！”

“九州爷，那眼下如何是好……”

“在那守着，都别动！”

唐九州收了卫星电话，他焦急地在室内走着，朱慈真是神人啊，已经抵达了门口，又被拒之门外的感觉实在不好受。这可怎么办？他平日里修身养性，此刻几乎要暴跳如雷。

唐九州闭上眼睛，迅速平复了自己的情绪。他的师爷余先生和女秘书凑了过来：“九州爷，眼下……”

唐九州一挥手，睁开眼睛，已经想到了解决之道，“此前我们遍寻朱慈真墓不得，我们是如何解决的呀？”

师爷余先生一拍脑袋：“九州爷莫不是又要使用您的神通？”

“对，我不如你精通奇门数术，但是我却有你们没有的神通。”

女秘书问道：“九州爷，您的神通是指……”

唐九州一字字道：“我有钱。”

他长长出了一口气：“真是贫穷限制了想象，没有钱解决不了的问题，去他的朱慈真墓，找不到墓址我就买块地，全挖空！”此前挖空朱宅，盗取朱慈甲胄，正是唐九州的大手笔。

余先生和女秘书都领会到了唐九州的神通，这种神通，可比任何盗墓手艺厉害多了。

唐九州一挥手：“把会开墓的高手都给我叫来！”一时间，他办公室里站满了各形各色的马仔，手里拿着各种稀奇古怪的开墓工具。

“偷东西谁说一定要开锁，整个把门卸掉不是一样能进去！你们全部随我来，如果开不了锁，就给我挖山！把这门从山体里整个挖出来，卸掉！”

史密斯已经抵达了机场，他们二人在设计好各种行踪掩护后，带人分批出动。唐九州兴奋不已，准备去见证历史的重要时刻，他坐在高大宽敞的越野车后排，他的右手边是一个黑色的匣子，里面装着青铜面具和金龙青甲。洪武银库机关重重，他内心深信，只要带上朱慈的秘宝，必然能逢凶化吉。他触摸黑匣子的时候感觉手感微微有些不对，他问左右，谁摸过他的宝盒。左右马仔吓得脸都白了，谁他妈不要命了，敢动九州爷的东西。

古往今来，旷古绝今，空前绝后……任中国汉字如何博大精深，都找不到任何成语来形容唐九州的盗墓手段。“开不了锁就卸门”，这样疯狂的逻辑，真是令人震惊。

二十九章　尔虞我诈

唐九州已经抵达了现场，他安排好手下将车辆在山下妥善隐藏，自己在一群登山高手的帮助下，迅速登上雪山，像青甲之上的坐标位置前进。马仔惊讶地发现，唐九州竟然体力不错。

唐九州抬头看了一眼金龙雪山，山脉延绵，大气磅礴，与贡嘎雪山遥遥相望。阳光在雪地上反射更为刺眼。唐九州心中默默地想，等过了今天，一切都好了。他要在这圣洁的雪山之上，解决两大难题，一是霸占洪武银库，二是彻底摆脱史密斯的控制。

唐九州脑中回忆起与史密斯这些年的恩恩怨怨。二十年前，史密斯以商贸活动名义在中国频繁活动，唐九州为图钱财，向史密斯高价倒卖出土文物，二人被当年的文保警察杨涛盯上，为了逃避法律打击，史密斯将唐九州改头换面，并以此为柄，让唐九州成为他的附庸和走狗。

“洪武银库是我的，史密斯休想染指，这洪武银库修建之时，想必多有死伤劳工徭役，无妨，史密斯这样的贵族也将死在这里。”

唐九州想到此处，心中已经动了杀机，他重重踏步，登山棍在雪地上钉下深深的痕迹。

金发碧眼的史密斯一身登山游客打扮，带着两名随从抵达的时候，唐九州已经指挥动工。唐九州很久没有现场处理过挖掘工程了，就在他出发前，他的办公室几乎汇集了各大盗墓门派的高手，南派、北派、校尉派、泰派、开金派、丘岭派……他并不声张所为何事，只是从中悄然选出十位顶尖的高手随行。

这些高手在青铜门前研究了好一阵，一致得出结论，如果没有正确的机关锁钥匙，根本没有办法开门。

“唐，怎么样？”

唐九州道：“史密斯先生，这青铜门很厚重，我准备将它的四边挖空，然后整个卸掉门。”

“你总是有许多奇思妙想。很好。”史密斯笑道。

“唐，开始吧。”

旷古绝今的盗墓开始了，对于强盗的逻辑来说，既然无法开锁进屋，那就把门卸掉硬闯。

不消片刻工夫，众马仔已经将青铜门的四边挖空，青铜门的四边铸有铁条，牢牢深入到山体里。

“继续挖，把铁条全部挖出来。”

“唐，这样挖法，会不会触发机关什么的？”史密斯有些担忧。

唐九州正要搭话，忽然陈风大喊：“老板！不好！”唐九州回过头，看见一名马仔手里正拿着挖山的工具，愣在当场，他的面前是一根被挖断的铁条。

只听吱呀呀的巨响，青铜门陷了下去。

“拿住！”众马仔向前扑去，想将青铜门抬住，可是青铜门重达千斤，凭人力怎可阻挡其下陷之势。

“笨蛋，挖断铁条，触发机关了！”唐九州怒不可遏，举枪直接打死了那名马仔，鲜血和脑浆在雪地上洒了一地。

这青铜门下陷之势虽慢，可是唐九州却看得清楚，这种地锁类的古代机关，只要开始下陷，就会迅速将地锁之下的一切压碎压扁，直白点说，就是一种自毁程序。这个青铜门就像是现代的保险柜，为防止有人暴力撬锁，设置了报警程序，而青铜门扎入山体的铁条被挖断，就直接触发了机关。

甘柠和杨忘危最担心的事情终于发生了。

史密斯拉起唐九州的衣领：“唐，快解决啊！”

唐九州慌了：“你们谁有办法解决，我奖一百万！”

青铜门向下的趋势很慢，山体发出巨大的轰鸣声。徐火道：“老板，恐怕只有这个机关锁的钥匙，才能停止。”

史密斯目露凶光：“你他妈是白痴啊！谁想出来的办法！”

唐九州大喊：“我怎么知道有机关，我难道是神仙啊！”唐九州终于意识到，钱并不能解决所有问题。

居然敢顶嘴！史密斯上前一步，重重一个耳光打倒唐九州。“找死！”他掏出匕首，指向唐九州，他自恃功夫了得，丝毫没有顾忌唐九州手中的枪支。

史密斯年近五十，养尊处优，没想到身手竟然如此敏捷。

没人知道史密斯自小学习自由搏击，拿过全美冠军，这一巴掌打得唐九州半边脸都肿了起来。

“这是不是你在耍花样？”史密斯问。

唐九州忽然大笑起来：“我耍花样？我是你的一条狗，我哪里敢耍花样！”压抑已久的愤怒终于爆发，唐九州猛地推开史密斯。史密斯一愣，万料不到唐九州居然反抗，狗急了也要咬人！唐九州的手下一拥而上。这一切像是突发状况，又像是早预谋好的。

唐九州一方毕竟人多势众，迅速扑倒史密斯。史密斯如附骨之疽，唐九州一开始就计划独吞洪武银库，诱史密斯过来，本就要他葬身雪地。此刻既然洪武银库无法打开，那先弄死史密斯，也未尝不可。欲望之恶，尔虞我诈，真是寒如深渊。

史密斯的两名随从持刀上前，和唐九州带来的马仔混战一通。顿时血腥味在雪地里漫延，呼喝之声不绝。

蓦地警笛大作。

“所有人不许动！”杨忘危带领诸多干警从四面八方冲了上来，直如神兵天降。

“怎么回事？警察来得如此之快！”唐九州与史密斯大惊。

众马仔掩护唐九州二人逃离，不断向干警开枪，唐九州就地一滚，转身往雪地里逃窜，身手颇为敏捷。史密斯也不是省油的灯，他趁乱捡起唐九州随身黑盒，向与唐九州相反的方向窜去，那个黑盒里，装有朱慈的青铜面具与金龙青甲。

杨忘危道："沈沛，你带人追唐九州，小心他手里有枪！那个洋鬼子交给我。"

沈沛拉动枪栓，冲了过去。唐九州不停地跑，不停地想，杨忘危怎么来得如此之快！到底是谁走漏了风声。

"不好。"杨忘危已经看到青铜门正在下陷，甘柠给他讲过，如果青铜门下陷到底，银库必然被通通压碎，毁于一旦。他将扳指扔给女警赵晴晴，"晴晴，把扳指扣上锁孔去！现场指挥交给你了。"

"是。"赵晴晴扑了上去，将重塑的扳指插上了门锁，青铜门下陷之势瞬间停止。干警迅速将一众犯罪嫌疑人控制。"兵分两路，去支援杨队和沈沛。"赵晴晴道。

杨忘危向雪地深处追去，史密斯手里抢走了朱慈秘宝，这可不容有失。

雪山之上，有一件要命的事，叫高原反应。史密斯和杨忘危在雪山腹地如此奔跑追击，很快就体力不支。雪地里的脚印凌乱起来，史密斯跑不动了。他忽然转过身来，亮出匕首，既然跑不动了，就干掉追兵。

杨忘危从来不惧危险，就像他的名字一样"无畏而忘危"。他扑上前去，和史密斯在雪地里混战起来。甫一交手，史密斯大惊失色，他自持自己曾拿过搏击全美冠军，对杨忘危颇为轻敌，本拟在数招之间，捅死杨忘危，不想杨忘危比想象中更难缠，他一招一式，沉稳有力，守中带攻，是火候很深的警体擒拿绝技。杨忘危可是刑侦系的警体格斗尖子。

史密斯手中提着沉重的箱子，自然讨不了好，他眼珠一转，就将箱子往山崖扔去。“这朱慈的东西我不要啦！”这雪山之下，足有千丈，文物珍贵，不容遗失。

“不要！”杨忘危大喊一声，扑身向前，抱住箱子，他在半空一个转身，改变方向向身旁一棵积雪大树撞去，这才卸去冲势，稳住身形，冰雪簌簌而落。

“啊！”杨忘危只觉背心一痛，史密斯的匕首已经趁机刺中自己。他转头看见史密斯眼中的轻蔑与狡黠。这种匕首带有放血槽，一旦刺入人体，血液就会顺着刀槽汩汩而出。

“胜利始终是我的，这些宝贝是我的！”史密斯快速抽出匕首，举刀又刺。杨忘危忍住剧痛，将他绊倒，他翻身上前，二人扭打一处，在雪地里滚出长长一道血痕。

二人体力已经急剧减弱，没有任何攻击招式，只剩近身肉搏求生。史密斯占尽上风，杨忘危终于脱力倒下，他死死抓住黑盒。史密斯的匕首再次高高举起，他目中竟然有了敬畏之色，眼前的这名中国人竟然像是打不死，到底是什么支撑了他的意志？“够了，你到底是什么人！”

刀光一闪，匕首已经刺出，当此生死关头，杨忘危脑中闪过萧思洁临行前的话语：“说好了一辈子，少一天都不是！”

他大喝一声，顺手打开了手中的黑盒，那黑盒中亮光一闪，他也不知道抓住了什么沉重之物，用力砸向匕首来处。只听一声轻响，匕首生生折断，杨忘危余势不减，直推过去，史密斯手臂折断，额头鲜血直流，被打翻在地。

形势顿时逆转，杨忘危颤巍巍地站起来，才发现手中抓着的是金龙青甲。这青甲铸造讲究，当年朱慈穿上后，在战阵上刀枪不入，其坚固程度可想而知。古人铸甲胄本来是用于防御，恐怕朱慈怎么都想象不到，数百年后，这甲胄到了杨忘危手中，竟然成了打击敌人的利器。

一架警用直升机飞了过来，飞机上是沈沛和赵晴晴，唐九州等人已经被成功逮捕。史密斯自知大势已去，长叹一声束手就擒。杨忘危提着金龙青甲，神威凛凛，指着地上的史密斯："你喜欢这宝物，可是这宝物却不喜欢你。盗掘、走私文物是犯罪行为，中国的文物属于中国人！"

三十章　故人

三千蜀地破雄关，金龙青甲云在天。
王子江山带不去，独留洪武银如山。

杨忘危念了两遍这首诗，他抬头看了一眼苍茫的雪山，圣洁的雪地给人以宁静、安详的感觉。杨忘危躺在病床上，病床很简陋，但很干净。离金龙雪山最近的县城是一个藏族同胞自治县，藏家的酥油茶已经开始飘香，窗户外可见远处的经幡随风摆动，悠扬的藏歌在山间回响。天色已近黄昏，金龙雪山的山顶上闪耀着黄金般的光辉。

杨忘危是被干警护送下山的，在这座县城的一所医院里做着应急医疗，匕首所幸没有刺中脏器要害。他包扎完伤口，打完消炎点滴，就挣扎着要起来。

现在案件已经很明朗。洪武银库的扳指钥匙已经归位。特警还在山上把守着大门。几个小时后，省里组织的专家考古大队就要抵达。这将是西川考古史上最惊人的一幕。朱元璋到底给他的子孙留没留下这样一个“诺亚方舟”式的银库。

杨忘危挣扎起来后，是去见唐九州一面，比起洪武银库，他更关心别的事。唐九州精神委顿，已经丝毫没有富豪不可一世的样子。杨忘危盯着他，在羁押车辆里的唐九州感到了这一道锐利的目光，抬起了头。

二人终于对视。

“我想知道你是如何这么快找到我的？”唐九州问。

“天网恢恢，疏而不漏。”

唐九州出发时，惊觉自己的黑箱被人动过，他以为没人敢动自己的东西，也就不以为意。这茫茫雪地，幅员辽阔，到底杨忘危是如何找到他的，难道真是天意？

正当杨忘危苦于在雪山中地毯式搜索未果时，一条及时的线索送上门来。若不是这条线索，在这茫茫雪山中大海捞针，杨忘危是决计无法及时赶到现场的，更别说关停青铜门的自毁机关了。这条线索不光阻止了这一场旷古绝今的盗墓犯罪，更保全了重要文物。

这条线索来自萧思洁。

甘柠一时半会儿没有找出精准坐标，时间已经来不及了。正当诸人心急如焚时，萧思洁却接到一条来自陌生号码的信息，信息内容是一张图片，金龙青甲的背面图片，刻有完整洪武银库地图。萧思洁拿着这张图片出了好一会儿神。她想起自己对唐少川说的话：“杨忘危身上有一种悲壮的英雄主义色彩……他所做的事，是保护属于国家的文物，也就是保护中国人的民族记忆，他是个响当当的男子汉。”萧思洁回复了信息：“少川，是你吗？”对方没有回复，萧思洁握着手机好一阵，等了很久很久，对方沉寂下来，就像唐少川一样安静，一样深邃。

杨忘危目光灼灼，道："你没有话想对我说吗？"

"真像，你是杨涛的儿子。"唐九州率先开口。

杨忘危内心激动起来："对，你莫非就是当年开枪打死我父亲的'盗圣'！"

唐九州摇了摇头。

"你骗我！"

唐九州闭上了眼，面露轻蔑的笑容。

"你说话啊！"

杨忘危抓起他的衣领，"是不是你？"

"危哥，冷静一点儿，你背上有伤！"沈沛和赵晴晴拉住杨忘危。

杨忘危抓起唐九州的袖子，用力扯开。当年的"盗圣"手上有一个麒麟文身。

"咦？"杨忘危、沈沛、赵晴晴三人俱是一声惊叹。

唐九州的手臂之上，异常光滑，根本没有文身，或者是文身消除后留下的任何印记。

又错了？

杨忘危感觉泄气极了。

唐九州重重地哼一声："杨警官，凡事讲证据，你比你父亲差远了，当年你父亲对我还礼敬三分。有什么去和我的律师说吧。"

"危哥，我提取他的DNA比对一下当年的信息。"沈沛道。

杨忘危愣愣地望着远处雪山，唐九州到底是谁？为什么觉得在哪里见过。

杨忘危回到病房后躺了下来，将案件在脑子里快速过了一遍，到底那条线索是不是唐少川发的，谁才是当年的凶手？

夜晚降临，漫天繁星。对于城市里的人来说，看繁星的机会已经越来越少。杨忘危摊开掌心，看着掌心的印记，那枚扳指果然就是洪武银库的机关钥匙，当年父亲杨涛在最后关头将这枚扳指从凶手手上抢了下来，接着扳指燃烧，印记留在了他和萧思洁的身上。他用全力回忆当年的情景，到底哪里不对，一定还有遗漏的地方。

唐九州不是盗圣，那么他到底是谁？

一个熟悉的眼神在杨忘危脑海中冒了出来，这个眼神不是活的，是来自一张照片，一张档案里的照片。为了找这个人，郑兆易、杨忘危都费了极大的力气，杨忘危甚至在办案的时候都把这张照片带在身上。他的办公室里、家里，都放有这张照片。

“到底什么地方没有推理到……”杨忘危陷入深思。他看了一眼外面的天空，呼吸一口清新的空气，努力使自己大脑清醒起来。

杨忘危的电话响了起来，是于洪一。

“于叔叔，您先到了？”

于洪一咳嗽了一声，然后平静的声音在电话那头响起：

“我接到通知，就先来了。”

于洪一、郑兆易和杨涛三人交情极深。杨涛殉职后，于洪一对杨忘危多有关照。除了甘柠的教导之外，于洪一算得上是杨忘危另一脉师承。在具体工作中，许多案件的鉴定问题，杨忘危多次求助于于洪一。如果说郑兆易是杨忘危的职业领路人，那么于洪一就是杨忘危在母亲甘柠之外，最敬仰的鉴定师、前辈、师父。

省里的专家组第一时间接到了通知，要求尽快对洪武银库进行考古勘探。没想到于洪一来得如此之快。想到母亲甘柠从来不愿意随众出行，这些有名望的专家学者，多半有自己的专属心灵空间，这于洪一多半也不愿意与众同行，就先行到了。

“什么？你受了伤？”于洪一在电话里急忙问明地址，径直来到县城医院。

杨忘危捏着手机，愣愣出神。萧思洁说得对，一个人，如果心中有了仇恨，眼睛就不会太清晰，自然就会忽视掉一些细节。此刻的杨忘危，已经进入了空灵的境界。他忽然发现，自己已经接近了真相。

三十一章　我是警察

病房里，杨忘危简单给于洪一讲了白天的恶战。他讲到青铜门自毁机关开启时，于洪一面色如常；他讲到如何千钧一发之际，用那枚重塑的扳指停止青铜门自毁时，于洪一表情仍然平静。

杨忘危口才一般，但这峰回路转的故事，足以让于洪一感到惊心动魄。杨忘危一边讲，一边观察于洪一的表情。

于洪一忽然起身，给杨忘危倒了一杯热水，“办案这么玩命。你这样子，你妈得多担心。”

“于叔叔，我也没想到啊。”杨忘危微笑道。

“那，他招供了吗？”

“没有，唐九州好像……认识我父亲。”

于洪一脸上有一丝不易察觉的复杂神色：“唐九州怎么会认识你父亲？”

杨忘危道：“我也很想知道，所以我才问您。”

于洪一道：“你父亲当年交友甚广，唐九州发迹之前和他相识，也是有可能的。”

“可是，唐九州却并不是他的真名。”

于洪一有些惊讶："那……"

"他根本就不叫唐九州，躲了这些年，真是难为他了。可是他却疏忽了一点，任他如何整容改变面貌，磨除十个手指头的指纹，有一样东西却无法改变。"

"什么？"

"那就是人的内心。他的眼神，是他内心的窗口，他的眼神骗不了我。"杨忘危顿了一顿，一字字道，"他就是当年人间蒸发的线人魏立伟！"

于洪一面部肌肉抽动了一下，平静道："光凭这个？"

杨忘危从枕头下抽出一个牛皮信封，"DNA 比对的结果，沈沛刚刚已经送到我这里了。"

他又顿了一顿，说道："我们一直以为他被人灭口了，没想到活得这么好，成了富豪。这二十年来，走私大亨史密斯给了他很多帮助，史密斯支持他，自然是因为需要他在中国境内运作文物挖掘、倒卖、走私，形成一个专供他的链条。"

于洪一叹气道："你父亲当年还对魏立伟有恩，他竟然做出这些事来，这世界上唯一不变的，恐怕就是'变化'。"

杨忘危看着于洪一，目光灼灼："于叔叔，当年你和我父亲交情很深，对吗？"

"对，我和郑兆易，还有你父亲，是同学。"

"于叔叔，二十年前的悬案，一开始方向就偏了。我们一直认为魏立伟向我父亲传递假情报。可是，以我父亲的学识，魏立伟想必知晓，一个假情报怎么可能骗得了他。

“朱慈共设有十二处墓，第十一处疑冢既然藏有机关扳指这么重要的东西，那么疑冢本身就不可能设计得过于浅显。如果说朱宅下藏着的真墓是藏墓技术的顶级之作，那么第十一处疑冢必然也是具有高超的隐藏技术。这处疑冢必定隐之又隐，除了我父亲杨涛和盗圣这样的高人之外，旁人哪里能找到。既然盗圣确实是在进行现行犯罪，那么我父亲就确实接到了真实线报，魏立伟当日给我父亲传递的是真情报。之前我们一直认为，魏立伟故意捏造情报，骗我父亲外出，多半是错的。”

“你的意思是，当年你父亲的案子，魏立伟并不是设局者。”于洪一道。

杨忘危道：“不。恰恰相反。”

于洪一面色惊讶：“什么？”

“魏立伟正是设局者！”

杨忘危沉吟半晌，接着推理：“现在查清楚了，二十年前史密斯就在和魏立伟进行文物交易。那个时候我父亲已经盯住了史密斯，为了摆脱我父亲的调查，魏立伟和史密斯决意设局，假他人之手除掉他！”

于洪一喃喃道：“假他人之手？莫非魏立伟向你父亲传递的消息，是‘盗圣’的行踪？”

“对，那个雨夜，魏立伟打电话告诉我父亲，‘盗圣’已经连开两处疑冢，今夜还要继续行动。而‘盗圣’的真实身份，他也告诉了我父亲！”

“这魏立伟怎么什么都知道！”于洪一惊讶道。

“魏立伟能被我父亲选为线人，自然有他的情报渠道。可是‘盗圣’的身份和行踪，却不见得是他探知的。”

“哦？难道还有人告诉他？”

“于叔叔，你养过狗吗？”杨忘危突然问。

“没，怎么了？”

杨忘危努力抑制情绪的起伏，一字字道：“有些霸道人家养狗，一开始，喜欢养凶猛高大的狗，这样能给人震慑。后来这些狗仗势欺人，到处惹事，主人也会头疼。真正懂养狗的人，都会选择听话的狗。”

于洪一脸色变得很白，他知道杨忘危话中有话。

杨忘危又道：“以魏立伟和史密斯的关系，实在不难猜出是谁告诉了他‘盗圣’的身份。而这‘盗圣’就是当年史密斯座下凶猛的狗，这条狗老是不听话，收罗的宝物自己留着，反咬主人一口。主人自然要另寻一头忠心的狗，这就是唐九州，哦，不，魏立伟。”

于洪一看着杨忘危，等他接着说完。

杨忘危一摊手：“那个雨夜，‘盗圣’就要行动了，史密斯和魏立伟一合计，决意一石二鸟。那个让我父亲方寸大乱的电话中，魏立伟告知我父亲，这盗墓圈子里昼伏夜出的众盗之首——‘盗圣’，就在他身边！他白天是首屈一指的鉴定专家，夜晚就成了‘盗圣’。”

杨忘危一抬头，看见于洪一眼睛里闪出阵阵杀机。他迎上于洪一的目光，接着道：“我父亲接获情报后，神情沮丧，独自外出，说明此人与他渊源极深，是他熟识之人。他根本就不信他自己的兄弟会做出这种事来，独自去了他的办公室，想要排除怀疑。结果他惊讶地发现，此人果然昼伏夜出，我父亲跟了上去，他先是甩掉我父亲的跟踪，后来我父亲推算出疑冢所在，紧追上去，发现他果然在现行掘墓！他的手上裹着‘涤邪’布，他取下了第十一处疑冢中的磷石扳指。”

于洪一冷冷道：“那你现在知道这个人是谁了吗？”

“对。我已经知道了。”杨忘危一字字道。

病房里气氛凝重到了极点。

已经什么都不用多说了。

“一个人心中如果有了仇恨，眼睛就不会太清晰，他就会忽略很多东西。”

“哦？你忽略了什么？”

“忽略了最该怀疑的那个对象。我父亲殉职当晚，你应邀来参与鉴定，以你的专业水平，怎么可能分辨不出那枚印记是什么物质烫伤？当时你并没有跑远，而是回到了鉴定师事务所，等着郑兆易邀请，然后又堂而皇之回到了现场，拓取那枚扳指的印记。在整个勘查现场，你都戴着手套，连勘验结束了都不愿意摘下，这是因为你的手，被我父亲掰伤了！”

“精彩。不过这些，都是你的推理，有证据吗？”于洪一道。

杨忘危道：“要和唐九州、史密斯对质吗？证据就在你身上。如果我没有猜错的话，当年拓印下来的印记，你早就做好了另一枚扳指，这枚扳指，此时此刻，在你身上。我刚刚确认过，省里考古专家小组发出通知时，你已经离开了你的办公室……你却提前来到这里，你是如何未卜先知的？洪武银库现在有特警守着，你是要挟持我，让我带你进去，是吗？”

于洪一出了一会儿神：“杨涛的儿子是好样的。”此子思维缜密，更在其父之上。

杨忘危坐起来：“选一个，是我动手，还是你自首。”

于洪一点了一根烟：“你以为我是自投罗网？”

杨忘危道：“你既然敢来，想必就认为吃定了我。”

于洪一道：“我既然敢来，就认定你一定会带我上山。”

于洪一将手机扔给杨忘危，视频里萧思洁被绑架了：“萧思洁在我手上！”

杨忘危努力使自己保持镇定：“你还是执迷不悟。”

于洪一站了起来，面容变得狰狞起来：“想要你妹妹活命，就快撤掉警卫，带我进银库里去！”

“你是在和我谈条件吗？”杨忘危道。

“你还有选择吗？难道你要萧思洁死掉？”

二十年前，于洪一正是用萧思洁为人质，最终打死了杨涛。历史仿佛重演，杨忘危感觉一股热血涌了上来。

杨忘危盯着于洪一，一字字道：“我父亲当年是如何选择，你还记得吗？”

于洪一被他看得心中一凛：“少他妈废话！萧思洁的命你都不要了？”

杨忘危拿出一个微型信号器，上面一个小蓝光点点闪烁，

"萧思洁身上戴着一个定位器，郑兆易局长已经在搜救她。"

"你是什么时候……"

他拿出一个牛皮信封，抽出魏立伟的DNA检验报告，那不过是一张白纸。"当我拿出这张魏立伟的检验报告时，你的表情，已经把你出卖了！"

这是一个局。杨忘危已经找到了答案，他在内心确认于洪一的重大嫌疑那一刻，就悄悄按下了信号器，向郑兆易示警，郑兆易将指挥搜救行动，快速定位萧思洁所在位置。

在杨忘危拓下萧思洁肩头印记的时候，他给了她一个项链式样的礼物。"你戴着它，我能一直保护你。"临行前，杨忘危留给萧思洁的是一个定位器。

杨忘危盯着于洪一："我既然引你来这，就没有想过第二种选择。中国有句古话：血债血偿！"

于洪一狠狠道："你父亲抓不了我，你也休想！"

于洪一出手了，"盗圣"的凶狠远远在他想象之上，他已经不像当年那么年轻，可是他却比当年更为沉稳，这些年他身手不曾落下。他袭向杨忘危咽喉，指节有力，这一抓凌厉如风。

杨忘危一个翻身，从病床上跃起。于洪一追了过来。

"好快的手！"杨忘危向后急避，于洪一扑了过来，二人双双冲破医院的玻璃窗户，跌入下方的空地上。

于洪一心中雪亮，想要摆脱杨忘危必须从狭小的病房里突出。杨忘危如若呼喊，干警围上来，他要脱身难度就大了。他必须争取到最短的时间。于洪一甫一落地，只见寒光一闪，他手中多了一柄军刀。他连挥数刀，杨忘危堪堪向后闪过。于洪一拉开与杨忘危的距离，转身要逃。

杨忘危追了上去。就像二十年前的雨夜一样，一场惊心动魄的生死追凶开始了。县城的背后是一道激荡的河流，雪山上的冰还未化尽，寒夜里光听着水流的声音，都让人觉得凛冽。

于洪一沿着河流逃跑，在不远处，他的JEEP全地形越野车像巨兽一样挺立在黑夜中。只要上了车，他就能摆脱杨忘危。他这些年搜罗许多宝物，和境外建立了自己的走私渠道，虽然史密斯已经不再与他合作，但他依然有许多富贵的主子，他改头换面，偷渡辗转出逃，应该不是难事。

洪武银库的诱惑确实很大，可是他毕竟背负血案。他本意接近杨忘危，如能骗取他的信任，带着先行去参观洪武银库，他大可背后暗枪，将杨忘危击毙，然后席卷银库内的文物。如果杨忘危不就范，也无妨，他手里还有萧思洁这张牌，可以要挟杨忘危。

可是，杨忘危给了他一个大写的失望。局面再度逆转。二十年前于洪一躲不过杨涛的侦查，二十年后，他依然没躲过杨忘危的侦查。这杨忘危不愧是盗墓者的噩梦。猎人和猎物，角色往往会互换。

二人沿着河岸奔跑，杨忘危背上的伤口已经开始出血，他的呼吸已经不均匀。于洪一想必已经察觉到他的乏力。杨忘危凝聚了全部力气，向前一跃，将于洪一扑倒。于洪一反手挥刀斩向杨忘危。

二人在旷野里一通扭打，滚到河岸边一块浮冰之上。于洪一从后勒住杨忘危的脖子，“去地狱见你老子吧！”

杨忘危一脚重重蹬住浮冰，将它踩碎，二人身形一晃，滚入河水之中，冰水激荡，将二人冲出老远，雪山之上漂浮下来的寒冰之水，自然寒冷刺骨。

这冰水之中，人很快就会失去体力，水流又急，一旦冲刷而下，凶多吉少。杨忘危用力摆脱于洪一，向岸边游去。

“啊——”

水流卷住于洪一，重重向一根锋利的冰柱撞去，只见鲜血漂浮上来，他大腿被洞穿而过。

真是天网恢恢，善恶有报。

于洪一被漩涡卷住，势必葬身水流之下。死亡阴影笼罩上了于洪一的心头，他不停挣扎，鲜血越流越多，他刚张开口呼救，一股冰水直接灌入他口中，他五脏六腑都被冰封一般剧痛。

杨忘危闭上眼睛，不去看于洪一的惨状，全身都在发抖。也不知道是因为冰水的寒冷，还是出于愤怒，他心中涌现的，是当日他父亲中枪的结论报告：“这种自制枪支，构造并不规范，加工质量粗糙，性能不可靠，枪内弹丸数量较多，枪管内无膛线，杨警官身体上的枪弹特征是：弹丸分散密集程度小，范围较大，形成一个较大的射入口，左肺、心脏出现贯通伤，可见凶徒连开数枪，手段凶残……”

“真痛啊！”杨忘危每一次阅读这份案卷报告，就感觉这些子弹都打在了自己的身上。他这些年的噩梦、阴影、挥之不去的头痛，都来自二十年前的那个残忍的雨夜。之前他怀疑曲满江是凶手，他几乎入了魔，想要击毙曲满江。

他终于看到于洪一遭到了报应，真是大快人心。医学上将人的痛感分级，在寒冰中死去的痛楚，比枪伤更可怕。它像万蚁附身，又像千刀钻心，加之他的腿被洞穿，伴随失血过多，撑不了多久。

他要不要放任于洪一死在这里？

杨忘危长吸一口气。

“救……救我！”

郑兆易的话在他耳边响起：“你是杨涛的儿子，你是一名文保警察，把‘盗圣’带回来，接受法律的审判！”

杨忘危跳入水中，游向于洪一，一把抓住他的手臂，他的手臂上有一个疤，这个疤是洗去麒麟文身后留下的印记。

于洪一道：“你……你干什么？”

“想死没那么容易，我要亲手送你进监狱！”

于洪一开始挣扎，杨忘危控制了他的手，拉着往岸边游去。

于洪一瘫倒在地上，再没有体力反抗，他绝望地大喊：“为什么？为什么？”

“因为我是警察！因为我父亲是警察！”杨忘危的喊声回荡在旷野。他几乎用尽全部力气呐喊，他心中的所有障碍都被全部冲破。

“因为我是警察！因为我父亲是警察！”

这个行业，从来无畏而忘危，就跟杨忘危的名字一样。

一次选择，终生担当！

于洪一万念俱灰：“我输了，你父母都比我强……”

杨忘危铐住于洪一，这一场二十年的血案终于了结。

杨忘危看着这个算是他半个老师的大人物，他有着和杨涛、甘柠比肩的智慧与学识，他精通奇门数术、易经八卦、山形地势、历史典籍、文玩古当，通晓痕迹、文书、枪弹、微量物证鉴定，他是个有着大智慧的天才，可是却掉进了欲望的深渊。

白昼里的大宗师，夜晚里的“盗圣”，他要得太多，终于走上了罪恶的深渊。

“王子江山带不去，独留洪武银如山。”这句诗，本身就是一个莫大的遗憾。

三十二章　国家宝藏

西川的天空依然晴朗，蓝得直沁人心。

在西川省锦城的西面，有一处国家级博物馆。博物馆里展示了从古蜀王国金沙文明一直到明清代的历史记忆。

杨忘危和萧思洁正在去往博物馆的地铁路上，今天是母亲甘柠的一次公开讲座，讲座地址就设在这座博物馆。作为甘柠的铁杆粉丝，两个小年轻自然必须捧场去。

“你看。”萧思洁拿出手机。手机里正播放着一期综艺节目，叫作《国家宝藏》。这期节目是由央视与故宫博物院、上海博物馆、南京博物院、湖南省博物馆、河南博物院、陕西历史博物馆、湖北省博物馆、浙江省博物馆、辽宁省博物馆等九家国家级重点博物馆合作，在文博领域进行深入挖掘，目的在于用通俗的文化形式，唤起更多民族记忆。

“这是什么啊？”杨忘危最近忙得根本没有时间看电视。

萧思洁介绍道：“最近很火的一档节目，明星很多。在这个节目里，每个博物馆只选出一件宝藏入驻特展。每集一家博物馆，每个博物馆推荐三件镇馆之宝，进行展示和讲解。每件宝物都拥有自己的明星‘国宝守护人’，他们讲述大国重器的前世今生，解读中华文化的基因密码。”

杨忘危来了兴趣：“哟，这是好节目啊。”

萧思洁开始翻动手机：李晨、王凯、梁家辉、刘涛、段奕宏、撒贝宁、王刚、何炅、黄渤都一一出场。杨忘危津津有味地看起节目来。萧思洁看着杨忘危认真的样子，感觉他真是挺好看的。他和他父亲杨涛一样，在文博领域有着很高的造诣，他又投身警察队伍，在打击文物犯罪上，卓有贡献。明星代言国宝守护人固然是好，可是这些战斗在文物保护一线的平凡人，更值得敬仰。

“对了，有个问题，我一直没有搞明白。”杨忘危忽然问。

“什么？”萧思洁道。

“那天那条匿名的信息，也就是拍下金龙青甲背后地图的信息，到底是不是唐少川发过来的？”

萧思洁沉吟半晌：“这个很重要吗？”

杨忘危看着萧思洁：“这个不重要吗？”

“我去见过唐少川一次，他矢口否认了这件事。”

“哎……恐怕这件事要成为一个历史遗留问题了。”

萧思洁幽幽道：“有些事情，还是不要弄得太清楚才好。”

二人说话间，地铁已经到站。博物馆门口的两棵大银杏树，相传是当年唐太宗手植，它们在那安安静静地耸立着，见证了历史。

博物馆内已经挤满了人。他二人到得晚些，只能远远地看着前台。甘柠正坐在讲座台上，她的旁边是一个一米来高的玻璃展柜，展柜里展示着一副青铜甲胄、一副青铜面具。面具和甲胄上的金龙纹在聚光灯下显得格外耀眼。

甘柠那柔而清亮的声音在讲座大厅响起，她气定神闲、游刃有余，将历史典故娓娓道来。“公元1368年，朱元璋建立明朝，当时，天下初定，有朝臣上奏，建议建国号为‘大中’，朱元璋思索再三，意在承袭‘大小明王’之称，故立国号‘大明’，年号‘洪武’。朱元璋分封诸子，第十一子朱椿封蜀王，洪武二十三年就藩成都府，其弟朱慈随椿入蜀。有观点称，为平定西蜀蛮夷部落，朱慈曾在蜀地用兵，他作战之时，头戴青铜面具，身着青铜甲胄，令敌人闻风丧胆。又有观点称，朱慈领了朱元璋密旨，旨在西川建立一处秘密银库，这才率兵护送……”

萧思洁问：“到底洪武银库考古之后，发现了什么？”

杨忘危并不回答，示意萧思洁接着听母亲甘柠讲解。

甘柠接着道：“洪武银库本系民间传言，明朝初定，朱元璋休养生息尚不及，哪里来的闲余银两？”

“啊？”萧思洁张大了嘴巴，“那你们在雪山上出生入死，岂不是……”

杨忘危向萧思洁眨眨眼：“认真听课啊，这位同学，小心一会儿柠妈回去罚站。”

甘柠又讲道：“朱元璋加强中央集权统治，有明一代，地方藩王不得拥有自己的规模军，蜀王朱椿尚且如此，更何况他的弟弟朱慈。”

台下已经是一片哗然。既然甘柠教授如此定论，那么她身旁的朱慈甲胄又是怎么一回事？前阵子盛传洪武银库出土，又是怎么一回事？

甘柠微微一笑，道："在蜀地出土了朱慈的甲胄，就能推论出朱慈在蜀地用过兵？据考证，这副甲胄实则是朱元璋称帝前之物。这甲胄上刻有金龙，当时尚有天子在，朱慈避讳尚恐不及，如何敢自称金龙？"

与甘柠同坐台上的几位嘉宾，开始一同论证青铜甲胄的前世今生。

萧思洁默然道："既然金龙青甲的来历站不住脚，那么洪武银库的传说也多半是子虚乌有。"

杨忘危转头看着她："这历史上的事，说是就是，说不是就不是。"

甘柠和一众专家得出结论："这世间根本没有洪武银库，前阵子在金龙雪山发现的，目前还无法得出结论，明确主人是谁。只是白银万两的说法，已经是民间误传，这地宫里，只有一些书简石刻。"

"书简石刻？""是谁埋下了这些书简？"台下有人发问。

萧思洁看着杨忘危，目光中全是疑惑。唐九州、曲满江、马三摆、牛大、牛二、史密斯、欧阳丹、于洪一这些人都围着一个假的传说转了白天。这历史的玩笑开得也太大了。

莫非甘柠是要保护什么秘密？

这世间本来就有许多谜题未解。

"这很重要吗？"杨忘危问。

萧思洁展颜笑道："不重要。"

杨忘危看着萧思洁，伸出了手心，他手心上，是一个洪武银库的钥匙印记。杨忘危看了看表，走，回去做饭，等妈妈回来。

萧思洁握着他的手，在历史面前，个人的渺小，真是无法形容。此刻，他二人皆是一样的想法：

"洪武银库里面到底是什么，我们是走不进了，至少我已经走入你的心。"